双葉文庫

甲次郎浪華始末

雨宿り恋情

築山桂

目次

雨宿り恋情《こいなさけ》

甲次郎浪華始末

第一章　嵐の夜

一

長崎奉行の書状を携えた継飛脚《つぎひきやく》が大坂東町奉行所にたどり着いたのは、日暮れから半刻《はんとき》も過ぎた頃合いだった。

門番から飛脚の到着を告げられた奉行所同心朝岡道之助《あさおかみちのすけ》は、帳面をしたためていた手を止め、ため息をついた。

「この悪天候の中を、ご苦労なことだ」

外は春の嵐が吹き荒れている。夕方から降り出した雨は勢いを増し、日の落ちた空には稲妻まで光り始めた。

律儀に文を届けにきた飛脚には感心するが、そのせいで奉行所の仕事は増えてしまったようだと朝岡は思った。

飛脚が届けたのは大坂城代宛の書状であった。

長崎奉行からの御用物や書状は、大坂ではまず町奉行所に届けられることになっている。それを城に赴き城代公用人に届けるのは奉行所同心の役目である。

こんな面倒なことをするくらいなら飛脚が直接城に届ければいいと日頃から仲間内では文句を言っているのだが、しきたりであれば仕方がない。

「面倒だな」

朝岡は肩をすくめた。

すでに夜半で同僚はほとんど帰宅してしまっている。手空《す》きの者は自分だけだ。

東町奉行所は大坂城の京橋口《きょうばしぐち》にほど近く、城まではさほどの距離ではない。

しかし夜半の書状の受け渡しとなれば、追手《おうて》門の番所に行き、そこから大番所に取り次ぎを願い、城代上屋敷への通達を頼まなくてはならない。

一つ一つの手続きに時間がかかる。

雨の中で待たされることを思うとうんざりした。

しかも、今夜はもう彼岸近いというのにやけに冷えこんでいる。こんな日は早く帰って、久しぶりに女房に燗でもつけてもらおうと思っていた。三つになる可愛い盛りの娘が雷に怯《おび》えているのではないかと心配もしていた。

だが、与力は予想通り、奥の部屋に朝岡を呼びつけ、言った。

「御奉行にはお知らせしておく。状箱《じょうばこ》は頼んだぞ。城代公用人との取り次ぎもお前ならば慣れておろう」

慣れているといわれても、たまたま数日前に飛脚が来たときにも朝岡が取り次ぎ役を頼まれただけだ。

そのときも、上役に言われては断れなかったのだ。今と同じことだ。

やれやれとため息をつき部屋にもどった朝岡が、書きかけの帳面を閉じて支度《したく》にかかろうとしたときだった。横合いから声がかかった。

「朝岡殿。外は大雨ですし、私が代わりましょうか」

朝岡が振り向けば、年下の同僚、町廻り方の丹羽祥吾《にわしょうご》だった。

たった今、外回りから帰ってきたところなのか、着物の裾や袖口がひどく濡《ぬ》れている。

朝岡がそれに目をやったのに気がついたのか、

「濡れたついでですので」

祥吾は言った。

朝岡は一瞬考えたが、

「いや、いい」

首を振った。

丹羽祥吾は生真面目な町廻り同心で、まだ年若いが役務に対する熱意は奉行所でも五指に入る。今日も朝から、一月ほど前に安土町《あづちまち》で起きた炭《すみ》問屋への押し込みについて、探索に歩き回っていた。

同僚として、これ以上こきつかうのは気の毒に思えたのだ。

「お前はもう帰れ。少しは休まんと体がもたんぞ」

「ありがとうございます」

律儀に礼を言う祥吾を置いて、朝岡は部屋を出た。

「それにしても……」

廊下を歩く朝岡の口から、独り言が漏《も》れた。

「御城代が酒井《さかい》讃岐守《さぬきのかみ》様に代わってから、やけに長崎からの文が増えたな。以前の御城代は、これほどではなかったと思うのだが。また江戸への取り次ぎの書状であろうか」

　大坂城に届く書状は、城代宛のものだけではない。遠国《おんごく》奉行と江戸との書状の取り次ぎは、大坂城代の重要な役目のひとつなのだ。

　長崎からの書状は、大坂城代の手を経て、江戸への船に乗せられる。季節ごとの機嫌伺いや、長崎の阿蘭陀《オランダ》商館長交替の際に幕府に提出される海外事情を記した風説書《ふうせつがき》も、大坂城代が取り次いで江戸に送られる。

　逆に、幕閣から長崎奉行に送られる書状も大坂でいったん城代の元に届けられ、その取り次ぎを経て、長崎への飛脚に渡されるのだ。

　そのほかにもちろん、江戸から大坂城代宛のもの、長崎から大坂城代宛のものもあり、何種類もの書状が大坂城には集まる。

「どうも今の御城代様は……」

　特に長崎奉行と頻繁《ひんぱん》に文のやりとりをなさっているようだ、と朝岡は思った。

　江戸とのやりとりよりも、そちらのほうが頻繁に行われている気がする。

　むろん、近海に多くの異国船が出没する今のご時世、長崎奉行しか知り得ない余所《よそ》の国の情報をこまめに集めることは大事だ。西国統治の要である大坂城代の役目として、怠りのないよう江戸の幕閣からも特に命じられているのかもしれない。

(不満を持ってはいかん)

朝岡は自分を戒めるようにうなずいた。

だが、一方で、朝岡の胸の中には、そのように遠国の奉行といくら書状をやりとりしたところでこの町の民の暮らしにどれほどの意味があるものか、との思いもあった。

(そのようなことに力を入れるよりも、御城代にはもう少し町の隅々にまで目を向けていただきたいものだ)

町奉行所の与力や同心は代々大坂に暮らし、世襲で役職を継いでいく地付きの役人である。

それに対し、大坂城代は長くて十数年、短ければ二、三年で交替になる役職で、城代とともに来坂した家臣団ともども、大坂で暮らすのは任期の間のみである。

どうせわずかな期間で去るのだからと、城代のなかには、大坂の町の名前すらほとんど覚えることなく江戸へ帰っていく者もいた。

それは地付きの役人にとっては歯がゆいことだった。

出世街道を歩む大名にとって、大坂城代などは老中になるための足がかりの一つでしかないのかもしれないが、大坂の町にいる間はこの町のことだけを考えて欲しいと思うのだ。

（今度の御城代が幕閣の方々の機嫌ばかり伺う方でなければよいのだが）

与力から手渡された革の状箱に目を落とし、朝岡はもう一度小さくため息をついた。

外は、嵐がさらに勢いを増したようだった。

廊下の向こうに再び稲妻が走り、朝岡はびくりと身を震わせた。

二

「なんだって？」

甲次郎《こうじろう》は若狭屋《わかさや》の離れで、面食らった顔で許婚《いいなずけ》の信乃《しの》を見返した。

四天王寺《してんのうじ》の彼岸会《ひがんえ》にお参りに行きたいと、信乃が言い出したのだ。

三日前には市中を春の嵐が吹き荒れたが、その後はうってかわって穏やかな天候が続き、明日には彼岸の入りという日の朝だった。

話があるといきなり信乃が母屋《おもや》から離れにやってきて、切り出したのである。

「今まで一度も行ったことあらへんさかい、連れてってください」

二月の彼岸会には大坂市中でもあちこちの寺が法要を営むが、人が集まるのはやはり四天王寺だった。

「特に二月二十二日の聖霊会《しょうりょうえ》は、それは見事やて聞いてます。境内にある石舞台の上での四天王寺楽人の舞は、それは素晴らしいて」

遠く難波宮《なにわのみや》の時代から変わらず大坂に伝えられている舞が奉納され、市中の者はもちろん、遠方からの遊山客《ゆさんきゃく》も大勢訪れる。

「聖霊会のときは、舞はもちろん、舞台にも貝殻細工の花がたくさん飾られて、とても綺麗《きれい》やて聞きました」

ぜひ行きたいのだと甲次郎に膝を詰めるようにして、信乃は珍しく強い口調で繰り返した。

甲次郎は離れの縁側に腰をかけたまま、顔をしかめた。

退屈しのぎに道場にでも出かけようと思っていたところに許婚に押しかけられ、甲次郎は戸惑っていた。

「そうは言ってもな。二十二日の四天王寺は、舞台の上の舞なんざろくに見えねえほどの人混みだって話だぞ」

「それでも行きたいんです」

「親父とお袋はいいって言ったのか」

「それは……」

信乃は口ごもった。

そらみろ、と甲次郎は肩をすくめた。

呉服商若狭屋の一人娘信乃は、生まれつき体が弱かった。
十五、六の歳までは、ほとんど家から出たこともなく、部屋に閉じこもり、一年の半分を床のなかで過ごすほどだった。
だが、数年前、近所に越してきた蘭方《らんぽう》医に診てもらうようになってから、次第に元気になった。今では普通の娘と同じように一人で買い物に出かけたりもする。

「押すな押すなの混雑のなかは、信乃にはまだ無理だろう」

行きたいという信乃の気持ちは判らないでもないが、無茶はしないほうがいい。

「親父とお袋が許してねえのに、おれが勝手に連れて行くわけにいかねえからな」

若狭屋の主人夫婦は、甲次郎にとっては養父母にあたる。幼くして孤児となった甲次郎を引き取り、我が子のように可愛がって育ててくれたのが、若狭屋の宗《そう》兵衛《べえ》とお伊与《いよ》夫婦だった。

二人が実の娘である信乃をどれほど大切にしているか、甲次郎はよく知っている。


「そやけど」

信乃は珍しく言うことをきかなかった。

「約束したんです。今年は行くって」

「約束?」

甲次郎には覚えがなかった。

「そんなもの、いつした」

「去年の二月に、千佐《ちさ》ちゃんと」

「千佐と?」

「そうです」

「ちょっと待てよ」

甲次郎は慌《あわ》てた。

「なんで千佐との約束を、おれのところに持ってくるんだ」

「そやかて……千佐ちゃんは今、いません」

信乃の声が寂しそうに揺れた。

甲次郎は言葉に詰まった。

千佐は信乃の従姉にあたる娘で、大坂市中から南に五里ほど下ったところにある在郷町富田林《ざいごうまちとんだばやし》の出である。信乃とは母親どうしが姉妹の仲だ。

造り酒屋の末娘に生まれた千佐は、九つのときに、市中の寺子屋に通うために若狭屋に寄宿を始めた。大坂に近い町や村の裕福な家では、子供たちを市中に寄宿させて教育を行うのが常のことで、男なら読み書きそろばんに商いの基本などを習い、女はお琴やお茶お花といった花嫁修業まで済ませる。

「千佐ちゃん、初めは十日もすれば戻る、て言うてたでしょう。そやのに……」

千佐が九つ、信乃が七つのときから一つ屋根の下で暮らしていたため、二人は実の姉妹のように仲が良い。

ことに信乃は、病弱で他に友達もいなかったためか、千佐を心から慕《した》い、頼りにしていた。

その千佐は、一月前、富田林に里帰りし、まだ若狭屋に戻ってきていない。

これまでにも盆暮れには帰郷していた千佐だが、今年は事情があって正月に帰り損ねた。

年が明けた後、あらためての帰郷となったのだが、当初の予定が過ぎた頃、千佐の親から若狭屋に文が届き、もうしばらく郷里で過ごさせることにした、と短い挨拶《あいさつ》があった。

千佐本人からは一通の文も届かないまま、それから半月以上が過ぎた。

近頃では、もしかしたら千佐はこのまま寄宿を止めるつもりかもしれないと、奉公人たちが噂をするようになっていた。

千佐はもう二十歳《はたち》で、そろそろ嫁《い》き遅れと呼ばれる年齢にさしかかる。いつまでも寄宿先でふらふらしているより、郷《さと》で嫁入り先を探すべき年頃だった。

「うちが文を送っても、千佐ちゃん、返事もくれません。そやけど、甲次郎兄さんからの文やったら違うかと思て、こないだ頼んだでしょう。そやのに、書いてくれへんから……」

信乃は恨《うら》みがましい声を出した。

「……なんでおれが女に文なんぞ出さなきゃならねえんだ」

うんざりした声で、甲次郎は言った。

本当は、千佐のことならば、甲次郎は信乃以上に気にかけていた。

だが、文を送るなど女々しいことをやろうとは思わないし、ましてや信乃に言われたからという理由では、できるわけがない。

「ばかばかしい」

「そやけど。うちは千佐ちゃんに約束を守って欲しいんです。話したいこともあるし」

信乃の声がさらに震えた。

「甲次郎兄さんは、千佐ちゃんに戻ってきて欲しいとは思わへんの？」

信乃は上目遣いに甲次郎を見た。

彼岸会がどうこうというのは口実で、本当はこれが言いたかったらしい。

「………」

甲次郎は黙り込んだ。

どう応えていいのか、甲次郎には判らなかった。

信乃は知らぬはずのことだが、甲次郎と千佐の間には特別な想いがあった。

甲次郎にとっては、信乃も千佐も子供の頃から知っている娘だ。

夫婦約束があるのは信乃の方だったが、甲次郎はいつのころからか、病弱で物静かな信乃よりも、物怖《ものお》じせずに言葉を交わしあえる千佐のほうに心を惹《ひ》かれるようになった。

千佐と甲次郎は一度だけだが二人きりで座敷にあがったこともある。二人連れに部屋を貸す類《たぐい》の店だった。

もう何年も前の話で、その頃には信乃の体はまだ人並みとは言い難く、医者にも二十歳までは生きられないと言われていた。信乃の代わりに千佐を甲次郎と娶《めあわ》せ、二人に店を継がせようという考えも若狭屋のなかにあり、甲次郎は千佐との将来さえ思い浮かべていたのだ。

だが、今、信乃は元気になった。

甲次郎と夫婦になるのはやはり信乃だと、まわりの誰もが考えるようになった。

そうなれば、千佐とのことは忘れるしかないのだろうと、一時は甲次郎も考えた。

千佐も同じで、甲次郎から離れようとしていたときもあった。

しかし、互いの想いを思い出させるような事件が、昨年の暮れに起こったのだ。

千佐の友人を郷に送るため甲次郎と千佐は能勢《のせ》街道を旅することになり、その帰り道、二人は一夜を過ごすことになった。

賊に襲われたこともあって、結局、二人の間には何も起こりはしなかったが、気持ちはまだ互いの上にあるのだと痛いほど判った。

千佐が里帰りしたのは、そんな事件の後だったのだ。

予定を過ぎても戻ってこない千佐が何を考えているのか、甲次郎には判らなかった。

このまま甲次郎の前から姿を消すつもりなのか、これまでと同じように笑顔で戻ってくるのか。

信乃が千佐を慕っているように、千佐もまた、信乃を実の妹のように可愛がっていた。

信乃の許婚と心を通わせていながら一つ屋根の下に暮らし続けるのは、千佐にはどれほどつらいことか、甲次郎にも想像がつく。

だから、甲次郎も迷うのだ。

千佐が目の前にいれば、想いがそちらに向くのは、どうしようもない。だが、そのために信乃との夫婦約束を反故《ほご》にできるかといえば、それはそれで難しかった。

信乃は傷つくであろうし、世間は喜んで噂の種にするだろう。千佐も苦しむことになる。

自分には、千佐を幸せにしてやることはできないのでは、とも思う。

甲次郎が黙り込んでいると、やがて信乃は小さく息をついた。

「ごめんなさい。我《わ》が儘《まま》言うて」

細い声で言い、信乃は立ち上がった。

そのまま離れを出て行く華奢《きやしや》な後ろ姿を見送り、足音が完全に消えるのを確かめたあと、甲次郎は深いため息をついた。

「……どうしろっていうんだ」

もしかして信乃は何かに気づいているのだろうか、と甲次郎は思った。

あらためて考えてみれば、信乃が甲次郎の部屋に一人でやってきたことなど、初めてかもしれない。

祭礼に連れて行ってくれなどと甲次郎に我が儘を言ったことも、初めてだ。

許婚だというのに、甲次郎と信乃は、二人きりで出かけたことすらほとんどなかった。

泣きそうな顔をしていたな、と甲次郎は信乃の顔を思い浮かべた。

信乃は美しい娘である。顔だけであれば千佐よりも美しい。黒目がちな眸《ひとみ》で見つめられると吸い込まれそうだと、女中たちまでが噂するほどだ。

その眸が潤《うる》んでいた。

同じ年頃の友達も持たず、世間のことにはうといままで過ごしてきた娘である。

甲次郎の胸中にある想いにまで考えは及ぶまいと思っていたのだが、娘心は案外に聡《さと》いものなのかもしれない。

しばらく甲次郎は縁側でぼんやりと思いをめぐらせていたが、やがて、やれやれと首を振り立ち上がった。

考えこんでいてもどうしようもない。

部屋にいるのもなんとなく気が重く、やはり道場にでも行こうと思った。

だが、中庭から勝手口に出ようとした甲次郎が足を止めたのは、再び自分を呼ぶ声が聞こえたからだった。

「甲次郎兄さん……」

信乃だった。

甲次郎は何事かと振り返った。

さっきまで話していた声とはまるで違う、取り乱した大きな声だったのだ。

そればかりではなく、母屋に繋《つな》がる渡り廊下を走ってくる足音まで聞こえる。

信乃は普段は決してそのようなはしたない真似はしない。

「なんだ。店で何かあったのか」

甲次郎は中庭から声をかけた。

「兄さん……」

信乃は甲次郎を見つけると、渡り廊下から、

「たった今、お店の方に出入りの草紙屋《そうしや》の五助さんが来て……」

そこまで言って声を詰まらせた。顔が真っ青だ。

「おい、落ち着け。何があった」

甲次郎は中庭を横切り信乃に駆け寄った。

渡り廊下で狼狽《うろた》えている信乃を見上げ、手をつかんで落ち着かせるように力を込めた。

「草紙屋の五助が、どうした?」

「人殺しがあった、って……奉行所はひた隠しにしてて、お弔いもされてへんけ

ど、町で噂になってる、て……」

「人殺し？　どこで。誰が殺されたんだ」

「東町奉行所のお役人様が一人、三日前に殺されたって……」

「なんだって」

甲次郎は息をのんだ。

「名前は判らへんのです。そやけど、東町のお役人様に間違いない、て……」

こらえきれないように信乃がその場にしゃがみこんだ。

「どうしよう、甲次郎兄さん、まさか祥吾様が」

「そんなはずがあるか」

甲次郎は叫んだ。

東町奉行所と聞いた瞬間、信乃と同じ名前を甲次郎も思い浮かべていた。

甲次郎の幼なじみの丹羽祥吾は東町奉行所の同心で、若狭屋にもしばしば顔を見せているのだ。信乃もよく知っている相手だ。

しかし、この数日は、姿を見かけていなかった。

甲次郎は信乃を置いて、本町の町会所に走った。

町会所には町廻り方の同心がしばしば顔を出している。

そこに祥吾がいればそれでいいし、そうでなくても、町会所にいる町役人ならば噂くらい耳にしているはずだ。

町会所に着くまでの間、甲次郎は胸のうちで祥吾のはずがないと繰り返した。東町奉行所には同心が五十人いる。祥吾は剣術の腕も確かだ。殺されたのが祥吾であるはずがない。

町会所に駆け込むと、日頃は奥座敷で証文の判押しなどをしている町年寄の美《み》濃《の》屋《や》平《へい》右《え》衛《も》門《ん》が、今日は仕事がさほどないのか、入り口の土間から見える座敷で出入りの植木屋を相手に呑《のん》気《き》に碁を打っていた。

祥吾が来ていないかと甲次郎が訊ねると、美濃屋はのんびりと言った。

「丹羽様なら、今朝、いつもとお変わり無《の》うお見廻りやったけれども」

「本当ですか」

「確かなこっちゃ。……どないしたんや、えらい慌てようやな、若狭屋の若旦那」

「慌てもするでしょう」

甲次郎は顔見知りの町年寄に顔をしかめて見せた。

「東町奉行所の同心が殺されたって噂を聞きましたんでね。東町の丹羽祥吾とは一応、幼なじみなもんで」

「ああ、その噂か」

美濃屋は肩をすくめた。

「それやったら、別の御方や。安心し」

甲次郎が驚くほどにあっさりと美濃屋は言った。

「別の御方って、誰です」

「それはあたしの口からは言われへん。御上《おかみ》が隠したがってる間はな」

「隠さなきゃならないような死に方だったんですか」

「それも判らへん。ま、あたしら下々の者には関係あらへん話やっちゅうことでな」

平然とした顔で、美濃屋は碁を打ち続けている。

「それにしても、若旦那はどっからその話聞いたんや」

「出入りの草紙屋ですよ。曖昧《あいまい》なことだけ伝えるもんで、うちの店の者も驚いてね」

「ああ、五助か……」

美濃屋は眉《まゆ》をひそめた。

「あれにはきつう言うといたんやけどな。今度のことは間違っても摺《す》り物にしたらあかんで、て。そやのにまあ、その調子であちこちで喋ってるんやったら困りもんやな」

明日にでも呼び出して叱っとかんと、とつぶやいている。

事件を扱った摺り物を大々的に売り出すことは本来ならば禁止されているが、近頃は町役人もあまりうるさくは取り締まらない。人殺しだの仇《あだ》討ちだのと、小さな事件を大袈裟に扱った摺り物は、堂々と草紙屋の店先で売られるようになった。

しかし、さすがに同心殺しとあっては、町年寄も気を遣っているようだった。

甲次郎は、その後もなんとか殺された同心の名を聞き出そうとしたが、美濃屋はのらりくらりとはぐらかし、何も応えてはくれなかった。

甲次郎は諦めて若狭屋に戻ることにした。

急ぎ足で来た道を帰ると、若狭屋の勝手口の外に、信乃が立っていた。

甲次郎の姿を見つけると、信乃は下駄を鳴らして駆け寄ってきた。

「心配いらねえ。事件があったのは確からしいが、祥吾は生きている。今朝も町会所に来ていたらしい」

「……本当《ほんま》に？」

「ああ間違いねえ。殺されたのは他の同心だと町会所で確かめてきた」

信乃の顔に安堵《あんど》の表情が広がった。

やがてその目から涙がこぼれ出すのを、甲次郎は驚いて見つめた。

甲次郎が信乃の肩を抱いて店に戻ると、若狭屋宗兵衛も甲次郎の帰りを待っていた。

祥吾の無事を聞いて安堵の息をつく父親の前で、信乃は袂で隠すようにしてそっと涙を拭《ふ》いていた。

三

その夜、甲次郎は丹羽祥吾の屋敷に足を向けた。

訪《おとな》いを入れると、女中の取り次ぎで玄関に姿を見せた祥吾は、たった今奉行所から戻ったばかりと見えて、まだ役目のときと同じ黒羽織姿だった。

いきなりの訪問に、祥吾は驚いた様子だった。

「どうした、甲次郎。屋敷に来るとは珍しいな。何か急の用でもあったのか」

「いや、そういうわけじゃねえが……」

甲次郎は口ごもった。

訪ねてはみたものの、こうして祥吾が屋敷にいることを、実は甲次郎はあまり期待していなかった。同心殺しが本当ならば、祥吾は探索に飛び回っているだろうと予想していた。

だが、留守でもいいから、祥吾の家に変事が起きていないことを確認したかったのだ。

そんな思いで甲次郎はここまで来たというのに、祥吾本人がいつもと変わらぬ様子で現れた。

少々拍子抜けした。

「まあいい。これから晩飯をと思っていたところだ。つきあえ。その後また出かけるから、あまり長くは時間をとれないが」

祥吾は言った。

甲次郎はうなずいて、屋敷の奥にあがった。

屋敷はしんとしていた。

この家には、今は祥吾が一人で暮らしている。

むろん、先代から仕えている女中と老僕はいるのだが、祥吾の身内はいない。祥吾の父親は十三年前、病《やまい》で急逝した。寝付いてから息を引き取るまでわずか二日しかなかった。

当時、祥吾はまだ十三歳で、見習い同心として東町奉行所に出入りを始めてもいなかった。

家督を継ぐのは早すぎるのではとも言われたが、気丈な祥吾の母親が親戚たちの干渉をはねのけて、祥吾をすぐに元服させ丹羽家を継がせたのだ。

その母親も、甲次郎が大坂を離れていた数年の間に他界した。

甲次郎は広い座敷の真ん中に腰を下ろし、あたりを見回した。

花の一輪も飾られていない、殺風景な部屋だった。

庭では年を経た彼岸桜が夕日の下で蕾《つぼみ》をふくらませていた。

甲次郎は懐かしく目を細めた。

幼いときに何度かこの木が満開になったところを見たことがある。

だが、この数年は縁がなかった。

ある時期から、甲次郎は幼なじみの祥吾の屋敷を訪ねることをしなくなったからだ。

剣術道場で出会って以来、甲次郎は祥吾と親友と呼べる付き合いを続けていたが、そのうち、甲次郎は身分の違いが気になり始めた。

甲次郎は老舗《しにせ》でも大店でもない呉服商若狭屋の養子で、祥吾は代々東町奉行所同心を務める家の跡取りであった。

甲次郎には、武士である祥吾の家は次第に敷居が高く感じられるようになり、よほどの用事がなければ足を向けなくなった。

実のところ、甲次郎の本当の父親はさる大名で、甲次郎の体には武士の血が流れている。

だが、その事実を知っている者は甲次郎と養父以外にいなかった。

幼い頃に冗談《じようだん》交じりに祥吾に「おれは武士の倅《せがれ》だ」と打ち明けたことはあったが、そのときにはまだ実父の名も知らなかったし、祥吾がどこまで本気にしたかは判らない。もう忘れているかもしれない。

それに、実の父がどうのこうのと言ったところで、甲次郎は町屋育ちであった。

元服し、家を継ぎ奉行所に出仕を始める幼なじみに複雑な思いが生まれ、もしかしたらそれが後に家を飛び出した一因だったかもしれないと、今になってみれば、甲次郎は考えることもあった。

だが、それで祥吾との友情にひびが入るようなことはなく、生まれた町が懐かしくなって戻ってきた甲次郎が、いちばんに顔を見せたのは、祥吾の屋敷だった。

それからでも、すでに三年が過ぎている。

そういえば祥吾にはまだ嫁取りの話はないのだろうか、と甲次郎はふと思った。

祥吾は甲次郎と同い年のはずだから、もう二十六になる。

家を絶やさぬためにもそろそろ嫁を迎えなければならない年齢のはずだが、祥吾の口からそんな話を聞いたことはなかった。

そもそも言い交わした女がいるのかどうかも甲次郎は知らない。

甲次郎には幼い頃から信乃という許婚がいたが、祥吾に関しては許婚どころか、浮いた噂ひとつ聞かない。

むろん、幼なじみだからといって何でも言い合うわけでもなく、甲次郎の知らぬところに恋仲の女がいるのかもしれないが、役務に追われる祥吾に女と会う暇があるようには思えなかった。

「お前が屋敷に来るなど、何年ぶりだろうな」

着流し姿の祥吾が姿を見せた。

昔から丹羽家にいる年老いた女中が一緒に現れ、もたもたとした手つきで酒肴を並べ始めた。甲次郎がいきなりの訪問を詫《わ》びると、女中は目を細めて言った。

「いえいえ。お懐かしい方が来てくれはって、喜んでます。どうぞごゆっくり」

女中が酒を置いて下がると、祥吾は甲次郎の向かいに腰をおろした。

「若狭屋の方々はお元気か。このところ、あまり顔を見せられず、申し訳ないと思っているのだが」

町奉行所同心である祥吾は、見廻りの途中であちこちの商家に顔を見せる。そうすることで、やくざ者が店に出入りしにくくなるからだ。

若狭屋にも、祥吾はしばしば立ち寄っていた。

店で番頭たちに顔を見せるだけではなく、甲次郎や信乃と話をしていくことも多かった。

同心のなかには立ち寄った商家に小遣いを無心する腹黒い者もいたが、祥吾はそういった心付けを一切受け取らず、若狭屋では祥吾の評判はすこぶる良い。

「変わりないといえばない。だが……」

甲次郎はそこで少し逡巡《しゅんじゅん》し言葉を切った。

穏やかに暮らしていた若狭屋の者たちを狼狽《ろうばい》させた原因はお前だ、と口にすべきかどうか迷った。信乃が祥吾を案じて涙まで見せたと知ったら、祥吾は驚くだろうか。

「そういえば、あの娘はどうした。富田林に帰ったと言っていたが、まだそのままなのか」

「ああ、千佐のことか。まだ郷にいる」

「戻ってこないということは、向こうで嫁入りの話でもあるのか」

「そうじゃねえよ。嫁入りじゃねえ」

甲次郎の声が思わず大きくなった。

「大きな声を出すな、うるさい」

「うるさいのはお前のほうだ。千佐のことはどうでもいいだろう。それより、お前の方はどうなんだ。近頃は物騒な事件に追われていたりはしねえのか」

「……………」

祥吾が黙った。

甲次郎はしばらく祥吾の表情を窺《うかが》った。

普段通りに見えていた祥吾の顔に隠しようのない翳《かげ》が表れ、やがて、息を吐き出しながら祥吾は言った。

「……どうやら、甲次郎の耳にも届いているようだな、朝岡殿が殺された話は」

「聞いたのは東町奉行所の同心が殺された、ってことだけだ。詳しくは知らねえ」

「それだけ知っていれば十分だ。やはり人の口に戸は立てられんようだな。もしも心配をかけたのなら悪かった」

「別に心配はしてねえよ」

甲次郎は苦笑した。

必死になって町会所に走ったなど、本人を目の前に言えることではない。

「けど、同心が一人殺されたって噂だけが流れて、仏の名前も判らねえとなると、気になってな。何か大きな事件でもあったのかと思って、お前さんに話を聞きに来たわけだ」

「そうか」

ぽつりと言って、祥吾は手酌で酒を飲んだ。

一杯飲み干したあと、空の杯を手に何やら言いよどんでいる。

甲次郎が酒を注《つ》ぎ足してやろうとすると、いやいい、と首を振った。

「あまり酒を飲む気にならんのだ。朝岡殿が亡くなってからは」

「その朝岡って同心は、お前と親しかったのか」

「いや、そうでもない。しかし世話になっていた方であった。それに……」

祥吾は杯を膳に置き、大きく息をついた。

「奉行所で最後に朝岡殿と話をしたのは、おそらくおれだ。あのときお役目を言いつかったのがおれだったら、代わりにおれが殺されていたかもしれない。そう思うと申し訳ない気になるのだ」

「役目の途中で殺されたのか」

「それもはっきりしていない」

「なんだ、曖昧な話だな」

甲次郎は自分の杯に酒を注いだ。

「それともおれには言えねえだけか。町会所にも奉行所が厳しく口止めしているみたいだしな。……いったい何でそこまで秘密にする。役人が殺されるのは何も今度が初めてじゃねえだろう」

奉行所の役人は盗賊を相手にすることもあるし、人殺しに立ち向かわねばならぬこともある。役務の途中で不幸にも命を落とすことも、ないではない。「殺されたこと自体が秘密だから葬式も出せねえって聞いたぜ。それじゃあ残された者があまりにも可哀相じゃねえか」

「それは御奉行も判っておられる。だが……どうしようもないのだ」

祥吾は自分の膝を握りしめるようにして言った。

「今度の事件には大坂城代が関わっておられる。奉行所では、うかつに動けない」

「大坂城代だと?」

甲次郎は声を潜《ひそ》めた。

「ああそうだ」

と祥吾はうなずき、なおも言いよどんでいたが、

「いいから話しちまえよ。おれは別に誰にも喋ったりしねえから」

甲次郎にうながされ、ぽつぽつと話し始めた。

「殺された朝岡殿は、夜半に大坂城に書状を届けに行かれたのだ。長崎奉行からの書状だった。だが、それきり奉行所にはお戻りにならず、行方が知れなくなった。翌日、奉行所に出仕されなかったため、手先衆がお屋敷に確かめに行ったの

だが、そこでお内儀から、お屋敷にもお戻りになっていないことが告げられた」

その後、朝岡の行方は判らないまま二日が過ぎた。

朝岡は真面目な男で、これまで岡場所からの朝帰りなどもしたことがなかった。

役宅以外に寝泊まりしている可能性は低く、奉行所では何らかの事件に巻き込まれたのではないかと見て、内々に朝岡の行方を捜し始めた。

そして、三日目の朝、大坂城の堀に亡骸《なきがら》が浮かんでいるのが見つかったのだ。

「堀にだと」

それもまた物騒な話だな、と甲次郎は眉をひそめた。

大坂城には二重の堀があり、外堀までは遊山の客でも近づくことができる。

大坂城の堀といえば、かつて大坂夏の陣の前に徳川方によって埋められたことが有名だが、その後、大坂城を再建した徳川幕府は再び堀に水を張り、徳川の西国支配の拠点として新たに難攻不落の城を造った。それが今の大坂城である。

「まあ確かに、あの堀にはときどき妙なものが投げ込まれているらしいが」

人はともかく、犬猫の死骸なども浮かんでいることがあるという。

「そうだ、堀にだ。引き上げられた亡骸は、普通の死に方ではなかった」

亡骸には大きな傷はなく、殴られた痕《あと》も見えなかった。

検屍の医者も初めはとまどった。

だが、詳しく調べた結果、死因は首に刺さった針のようなものだと判った。

「急所を一突きにされていた。死体が水でふくれた上、針が抜き取られていたから判らなかったのだ」

「なんだそれは。気持ちの悪い話だな」

辻斬りの類《たぐい》にやられたわけではないのだ。

「いつ殺されたかは判らねえのか」

「判らない。だが、朝岡殿が最後に向かったのは城だ。城の追手御番所だ。夜半の御状はそちらから公用人を呼び出してお渡しすることになっている。しかし、番所では、その日の夜に届いた書状はないと言っている」

「ということは、城に着く前に殺された、ってことだな」

「だが、奉行所から城の追手門まではすぐだ。辺りは静かで、何か異変があれば番所の者が気づいたはずだ。しかし大番所の連中はおかしな気配はなかったと言っている。誰も通らなかったとも」

「しかし、奉行所から追手門に行くのに他の道はねえんだろう」

「そうだ。だからおかしいのだ」

祥吾の口調に苛立《いらだ》ちが含まれた。

「大番所の連中は何かを隠している気がする」

「何か……ってなんだ」

「それが判れば苦労はせん」

「それもそうだな」

「しかも、その上、御城代は奉行所に、この度の事件については極秘に処理するよう命じられたのだ」

大坂町奉行は老中支配の役職で、大坂城代の直接支配下にあるわけではない。それでも大坂在勤衆の頂点に立つ大坂城代の命令であれば従うほかなかった。

「朝岡殿殺しの下手人を探すことも禁じられたのだ」

悔《くや》しさを声ににじませて、祥吾は言った。

「だが、同僚を殺されて、そのまますべてをなかったことにしろと言われても、どうにも納得ができん」

「お前ならば、そうだろうな」

「しかも、長崎奉行からの文を入れた状箱も消えたままなのだ。御城代は書状についても探す必要なしと言われたそうで、それも気にかかる。御城代は、たかが一通の書状くらいかまわぬと言われたそうなのだが、ならば、そのたかが一通の書状を届けようとして殺された朝岡殿はどうなる。放っておくことなどできん」

「……ああ、そうか、だからだな。やっと判った」

甲次郎は得心がいった、とうなずいた。

何が判ったのだ、と祥吾が訝《いぶか》りの目を向けた。

「そんな大きな事件が起きたっていうのにお前さんが早々に屋敷に帰っているのは妙だと思っていたんだよ。だが、今判った。お前、奉行所から帰って十手を屋敷に置いたあと、自分ひとりで町に調べに行ってたんだろう。だから酒も飲まねえし、さっき、後から出かけるから時間もねえって言ったわけだ。どうだ、図星だろう」

祥吾は黙ったままで応えなかった。

「お前さんのやりそうなことだな。奉行も城代も無視して、同僚の仇《かたき》を捜し出そうっていうわけだ。だが、それは危ねえことなんじゃねえのか。そのくらい、お前なら判っているだろう」

「だから朝岡殿のことを放っておけというのか、お前は」

祥吾が甲次郎をぐいと睨《にら》んだ。

「上の言いなりになって、同僚が殺されたのを見ぬふりをしろというのか」

「別におれは言わねえよ。第一、おれが言ったって聞かねえだろうが」

長い付き合いの友達のことを、甲次郎はよく知っていた。

祥吾は正義感の強い男だ。自分が間違っていると思ったことは決して許さない。たとえ権力や金で圧力をかけられてもだ。情に惑わされることすら拒む。甲次郎はそのために祥吾と喧嘩をしたこともあった。

それでも祥吾は自分を曲げない。だからこそ、祥吾は東町奉行所の切れ者同心と呼ばれるのであり、町の者に信頼されるのだ。

「無茶はするな」

甲次郎は強い口調で祥吾に言った。

「止めても止まらねえだろうからあえて止めねえけどな。お前に何かあって、今度はおれが仇を捜す羽目になる……なんていうのは御免だぞ」

当たり前だ、と祥吾は噛みつくように言った。

「おれはそんなへまはせん」

「そうか。なら安心だ。だが、覚えとけ。お前が死んだら泣くやつが若狭屋に一人はいる。おれ以外にな。くれぐれも危ないことはするな」

信乃の涙を思い浮かべながら、甲次郎は言った。

何の話だ、と祥吾は怪訝《けげん》そうにしていたが、甲次郎はあえて何も言わなかった。

四

翌日の昼過ぎ、母屋に足を向けた甲次郎は、信乃が出かけようと支度《したく》をしているところに出くわした。

「どこかに行くのか」

聖霊会に行きたいとねだられたことを思い出し、甲次郎は声をかけた。

聖霊会は今日ではないが、彼岸の祭礼は七日間続く。今日から境内は参詣の客で賑わっているはずだ。屋台や見世物も出ているだろう。

まさか一人で出かけるつもりではないだろうと思いつつ声をかけると、信乃は応えた。

「お医者さまのところに」

「医者?」

甲次郎は顔をしかめた。

「どこか具合でも悪いのか」

甲次郎は信乃を見直した。

桜鼠の着物を着た信乃は、いつもより顔色も良いくらいで、医者が必要な風には見えないが、体の弱い娘のこと、気になった。

「診てもらうわけと違います。秀哲《しゅうてつ》先生、昨日長崎からお戻りになったはずやし、ご挨拶に行くんです」

「ああ、例の蘭方医か」

堀井《ほりい》秀哲というのが信乃の体を人並みにしてくれた蘭方医の名前だった。往診に来ていた姿を甲次郎も何度か見ている。長崎で修業をしてきた蘭方医で、大坂で開業したのちも、しばしば江戸や長崎に蘭書を仕入れに出かけているとのことだった。

「以前にお借りしてた本をお返しせなあかんし、お届けしたいものもあるし」

「一人で行くのか」

「別に一人でも大丈夫です」

いつまでも病弱な娘のように扱わないでくれとばかりに、信乃は口をとがらせた。

甲次郎は少し考えたあと、言った。

「ついていってやろうか。荷物持ちくらいならしてやるぞ」

「兄さんが？」

信乃は驚いた顔をした。

甲次郎が信乃の外出に付き合うことなど、今までにほとんどなかった。

甲次郎は、信乃と話をしたかったのだ。

昨夜甲次郎が祥吾の屋敷に出向いたことを、信乃も知っているはずだ。祥吾は変わりなく元気にしていると伝えてやりたかった。祥吾が調べようとしている事件については話すことはできないが、心配するなと言ってやりたかったのだ。

だが、いざ連れだって若狭屋から歩き出してみると、甲次郎はなんとなく話を切り出し損ねた。

信乃の昨日の様子を思い出すと、うかつに切り出しにくい気がした。

大人しい信乃が、あれほど取り乱したことに、甲次郎はまだ驚いていた。

祥吾と信乃は、確かに昔からの知り合いだ。

祥吾は子供の頃から若狭屋に出入りして、部屋に閉じこもりきりだった頃の信乃にも、菓子だの花だのと時折届けてやっていた。

箱入り娘の信乃にとっては、親しみを感じる数少ない存在だったのかもしれない。

「医者の家ってのは北久宝寺町《きたきゅうほうじ》だったな」

「はい。一丁目です」

信乃は言葉少なに、甲次郎の一歩後をついてきた。

こんなとき、千佐ならば隣に並んで歩く。信乃と千佐は従姉妹どうしでも、あまり似ていないと改めて甲次郎は思った。

「その医者、長崎に行っていたそうだが、長く大坂を離れていたのか」

「一月くらいお出掛けでした。いつもそのくらいです」

「留守の間に具合が悪くなったら困るじゃねえか」

「そやけど、今まで、大丈夫やったから」

とぎれとぎれに会話を続けながら、二人は東横堀川《ひがしよこぼりがわ》に沿って歩いた。

久宝寺町は若狭屋のある本町より幾筋か南に下ったあたりで、かつて久宝寺という寺があったと言われているが、その寺の名残は今はどこにもない。町の由来は寺の名ではなく、かつて道頓堀川《どうとんぼり》を開削した折に河内渋川郡《かわちしぶかわ》の久宝寺村から大勢の人足を動員し、その者たちを住まわせた場所だから、とも言われている。

辺りには唐物《からもの》問屋や塗物《ぬりもの》屋、それに合羽《かっぱ》屋が多かった。

信乃が持っていこうとしていた風呂敷包みは、店を出たときから甲次郎が代わりに持ってやっていた。

なかには信乃が医者から借りたという書物と、若狭屋のお伊与が手土産に用意した重箱が入っている。

秀哲という医者は独身で、しょっちゅう家を空けるために年季奉公の女中も雇っていない。口入れ屋から短期で女中を雇い、旅に出るときにはくびにして、帰ってきたらまた探して雇う。そんなことだから、旅から帰った直後には、総菜などを届けてやらないと腹を空かせているのだ、と信乃は言った。

「妙な医者だな」

甲次郎は肩をすくめた。

蘭方医は儲かると聞いている。

ならば女中の一人くらいずっと雇っておけばいいだろうに、やけに世知辛い話に思えた。

空に雲が出てきたと甲次郎が気づいたのは、久宝寺橋が見えてきた辺りでのことだった。

ろくに空模様を確かめずに出てきたことを、甲次郎は悔やんだ。雨支度などしてきていない。

合羽屋の看板はそこここに見えるが、わざわざ雨合羽を買うのも大袈裟である。

（まあ降り出す前に医者の家に着けば、帰りは傘でも借りられるだろう）

そんな呑気《のんき》なことを考えていたのだが、直《じき》にぽつりぽつりと雨が落ちてきた。

「いやどないしょ……」

信乃も雨に気づき、困ったように空を仰いだ。

雨脚は一気に強くなった。

甲次郎は信乃の手をひいて、近くの唐物問屋の軒先に駆け込んだ。

往来を行き交っていた者も、それぞれに走り出し、往来にはあっという間に人影がなくなった。

甲次郎は唐物問屋の大きな看板の陰に信乃を立たせ、斜めに吹き込む雨を除《よ》けた。

「まいったな」

甲次郎はつぶやいた。

このまま本降りになれば困る。甲次郎一人ならば雨の中を走るのも平気だが、信乃を濡《ぬ》れさせるのは避けたかった。

「急ぐ用事やないし」

信乃が落ち着いた声で言った。

「そりゃそうだが」

それでも雨で足止めというのは、なんとなしに腹立たしいものだ。

少し離れた空は明るいというのに、頭上だけが分厚い雲に覆われている。

雨はなかなか止まなかった。

同じ唐物問屋の軒下で職人風の男が一人雨宿りをしていたが、そのうちに、しょうないわ、とつぶやいて、手ぬぐいをかぶって雨の中に走り出していった。

「しょうがないな」

甲次郎もつぶやき、ここの店で傘でも借りるか、と唐物問屋の暖簾《のれん》を見やった。

「……あ」

信乃が小さな声をあげた。

斜め向かいの路地から、表通りに姿を見せた男がいたのだ。

唐傘をさし、雨空をときおり仰ぎながら、表通りを唐物問屋とは逆の方にゆうゆうと歩いていく。看板の陰にいるためか、こちらには気づいていない様子だ。

背の高い男だった。

「おい、あれは確か」

「秀哲先生……」

信乃が言った。

甲次郎も何度か見たことがある相手で、何年か前、若狭屋の客の紹介で初めて信乃の往診にやってきたときには、若くて頼りなさそうな男だと思ったものだった。

当時、三十路《みそじ》になったばかりだと言っていたから、今でも三十半ばほどのはずである。

それまで信乃が診てもらっていた漢方の医者は六十過ぎの年寄りで、若狭屋の者はみな、医者というものは経験がものを言うはずだと思っていたから、初めは誰も秀哲のことなど信頼していなかった。

（わらにもすがる気持ちで……）

お伊与がそんな失礼なことを言っていたのも甲次郎は覚えている。

だが、秀哲はわらなどではなく、頼りになる医者だった。

「いいところに現れる先生だな」

好都合だと甲次郎は信乃に言った。

信乃のかかりつけの医者であれば、家まで信乃を傘に入れるくらいはしてくれるだろう。そこで雨が止むまで過ごさせてもらえばいいのだ。

甲次郎は秀哲を追い掛けようとした。

看板の陰から出ようとしたそのとき、秀哲の後を追うようにして、人影が別の路地から出てきた。

若い男だった。商家の奉公人に見えた。

男は秀哲の後を早足で追った。

秀哲に男が追いつき、追い越した瞬間、秀哲の持っていた傘が飛んだ。投げ捨てたのか撥《は》ねとばされたのかは判らない。

傘の向こうが見えたとき、男は秀哲と揉《も》み合っていた。

「なんだ、お前は、追いはぎか」

秀哲が叫んだ。

昼日中の往来に追いはぎとは甲次郎も驚いたが、雨のなかとあって人目が少ないところを狙ったのかもしれない。

甲次郎は走り出した。

「おい、何をしている……」

声で男が甲次郎に気づき、舌打ちした。

当然、逃げ出すだろうと甲次郎は思った。

甲次郎が加勢すればこちらは二人だ。

追いはぎにとっては不利である。

だが、男は逃げなかった。

秀哲に組み付いていた男は甲次郎に目を向けたが、それでも左手で摑《つか》んだ秀哲の襟を放さず、右手を振り上げた。

その手に匕首《あいくち》が握られている。

「冗談じゃねえ」

甲次郎は揉み合う二人に駆け寄ろうとした。

気配を感じたのは、そのときだった。

何かが空を切る音が聞こえた気がした。

甲次郎は動きを止め、その瞬間、何かが顔の真横をかすめた。

「誰だ」

甲次郎は何かが飛んできた方向を睨みつけた。

追いはぎに仲間がいるのだと思った。

視線の先で人影が動いた。

身を翻《ひるがえ》して路地の向こうに消えた人影の白い横顔だけが見えた。女だった。

（女……？）

沈香茶《じんこうちゃ》の着物の裾が翻るのが目に残った。

「ぐ……っ」

うめき声がして、甲次郎は揉み合う二人に目を戻した。

腕を押さえてうめいたのは、追いはぎの方だった。

何がどうなったのか、甲次郎が目を離した隙に、追いはぎの手にあったはずの匕首は秀哲の手に移っていた。

「畜生」

追いはぎは秀哲を突き飛ばし、身を翻した。

そのまま、振り返ることもなく、追いはぎは逃げ出した。

「おい、待て」

甲次郎は追い掛けようとした。

追いはぎを逃がすわけにはいかない。

「追わない方がいい」

鋭い声で止めたのは秀哲だった。

「危ないですよ」

往来に尻餅をついたままで、秀哲は繰り返した。手にしていた匕首を、気持ち悪そうに地面に投げ捨てている。

甲次郎は一瞬迷った。

その間に、追いはぎは角を曲がり、姿を消していた。驚くほど足が速い。

甲次郎は諦めて、秀哲に向き直った。

「知ってる奴《やつ》ですか、今のは」

「いや、知らない顔です。けれど、ああいう手合いに狙われたことは前にもあるので」

追いはぎに襲われたばかりだというのに、落ち着いた声だった。

秀哲はゆっくりと立ち上がった。

「……先生」

そこで信乃が駆け寄ってきた。

「おや」

秀哲は信乃を見、驚いたようだった。

「信乃さんですか。ということは」

秀哲は甲次郎の顔を見直した。

「若狭屋の若旦那ですな。前に何度かお会いしたことがある」

「そうです」

「おかげで助かりました」

秀哲はそう言いながら先ほど放り投げた傘を拾い、信乃にさしかけた。

「濡れますよ」

「先生こそ。お怪我は？」

「私は大丈夫ですよ。若旦那のおかげで」

秀哲は微笑して、甲次郎に頭を下げた。

五

秀哲の家に向かう道すがら、念のために町会所に届けたほうがいいのでは、と甲次郎は言った。

秀哲は首を振った。

「何も取られてはおりませんゆえ」

「そやけど、もしまた狙われたら」

信乃が心配そうに口をはさむと、

「そうは言っても、町会所の連中は苦手なのですよ」

秀哲は苦笑した。

「前に一度、同じようなことがあったのですがね。何も取られていないというと、いちいちつまらないことを知らせにくるなと怒鳴られましてね」

「そんなに何度も狙われているんですか」

甲次郎は眉《まゆ》をひそめた。

「いったいなぜ……」

「蘭方医は金持ちだと思っている連中が多いようでね、世の中には。しかたがないのです。さ、どうぞ」

秀哲は甲次郎と信乃を家の土間に招き入れたあと、先に家にあがり、奥から手ぬぐいを持ってきた。

信乃は秀哲が傘に入れて歩いてきたが、甲次郎はすっかり濡れてしまっていた。

秀哲自身も、先ほどの騒ぎのために濡れ鼠である。

濡れた髪と着物をざっと拭いたあと、甲次郎は信乃とともに家にあがりこんだ。

奥で着替えてきた秀哲が土瓶で湯を沸かそうと支度をするのを見て、信乃が自分がやると立ち上がった。

「いえ、おかまいなく。不精者《ぶしょうもの》なので、あちこちに薬種の類が散らかっているんですよ。あまり触られたくないので」

やんわりと秀哲は断った。

医者の家にしては狭い家だった。

甲次郎はぐるりと見回してそう思った。

患者を家に呼ぶことは少なく、ほとんどが往診で済ませるために、あまり家は広くなくて良いのだ、と、秀哲が甲次郎の表情を読んだように言った。

「それに、こうして質素に暮らしていれば、妙なやっかみからも逃れられるかと思っていたんですよ」

　甘かったですがね、と秀哲は肩をすくめた。

「切りつめて貯めこんでいると思われているようでね。余計に陰口をたたかれます。それだけならまだしも、ああやって泥棒にまで狙われる。おちおち往診にも行けません。実際にはこの通りの貧乏暮らしだというのに」

「人を雇ったらいかがです。用心棒にもなる」

「人を家に入れるのはあまり好きではなくてね。この通り、女中もいない有様で」

　信乃が思い出したように、手土産の重箱を秀哲に差し出した。

「つまらないものですけど」

「これはありがたい」

　秀哲は屈託なく受け取った。

　信乃は借りていた書物も差し出し、礼とともに書物の内容について秀哲にいくつか質問をした。

甲次郎がまったく知らない異国の文物の話だった。阿蘭陀《オランダ》の焼き物や硝子《ガラス》細工について語る信乃を、甲次郎は不思議な気持ちで見ていた。

そういえば、子供の頃から部屋にこもることの多かった信乃は、書物を好んで読んでいた。寺子屋には行かなかったが女大学はそらんじていたし、大人が読むような稗史《はいし》ものにも手を出していた。

湯が沸き、秀哲が茶を入れに立った間に、甲次郎は信乃に言った。

「信乃がそんなものに興味を持っているとは知らなかったな」

「先生が長崎渡りの御本を貸してくれはるさかい。面白いんです。異国の話。阿蘭陀だけや無《の》うて、英吉利《イギリス》とか、亜米利加《アメリカ》とか」

「そんなもんかねえ」

甲次郎にはあまりぴんとこなかった。

異国の話といえば、近年、大坂でも近海に現れるようになった物騒な異国船を思い出すくらいである。

阿蘭陀船は長崎にしか来ないが、長崎への着港を禁じられている英吉利や亜米利加、露西亜《ロシア》の船は、ここ数年、ふらふらと好き勝手なところに姿を見せるのだ。幕府は警戒を強め、沿岸の警備にも力を入れている。そういえば、清国が英吉利と戦争をしたとの噂も、どこかで耳にしたことがあった。

だが、それでもどこか、異国のことなど自分には関係ない話だ、という気持ちが甲次郎にはあった。

甲次郎が正直にそう言うと、

「異国はそのうち、もっと身近なものになりますよ」

その言葉を聞いていた秀哲が、盆に茶を載せて戻ってきた。

湯飲みに注がれた茶は番茶のような色で、奇妙な匂《にお》いがした。

「異国のお茶ですよ」

信乃は嬉しそうにその茶を口に含んだ。

甲次郎も一口飲んだが、番茶のほうがまだ美味いと思っただけだった。

「お気に召しませんか。しかし、いずれはこのお茶ももっと大勢の人に飲まれるようになる。異国との取引が増え、長崎以外の町にも船が着くようになれば」

「長崎以外の町にですか。それはまた物騒な話だな」

「物騒だと思わなければ良いのですよ。異国船とて、戦をしかけに来るばかりではない。……そういう物騒な船も来るでしょうがね」

そういう輩《やから》の相手は御上にまかせておけばいい、と秀哲は茶をすすりながら言った。

「しかし、そうは言っても、一度は我々は異国に脅かされることになるでしょうな。私はそう思います。それもまたこの国にとって良いことなのではないかともね」

妙なことを言う医者だ、と甲次郎は秀哲を見た。

蘭方医というのは概して異国を持ち上げたがる癖がある。

信乃の恩人だと判ってはいても、なんとなく気に障《さわ》るものがあった。

異国に脅かされることが良いことだなどと馬鹿げている。甲次郎にはそう思われた。

秀哲はその後、少しは医者らしく、信乃に体の具合などを訊《たず》ねた。

「おかげさまで、熱が出ることも滅多になくなりました」

信乃は嬉しそうに言った。

「それはよかった。このぶんなら、もうどこに嫁に行くのも平気ですな」

秀哲は笑った。

それから秀哲は、棚の奥から新しい本を取り出し、信乃の前に並べて見せた。

「今度の旅で手に入れてきた書物ですよ」

難しい医学書は見てもしょうがないだろうからと、挿絵の綺麗な本を手に取り、信乃にすすめている。

異国の花や鳥の絵を描いた本や、焼き物の絵柄がずらりと並んだ本など、大坂にいてもあまり見ることのなさそうな珍しいものばかりだ。

信乃は目を輝かせて本を繰った。

聞き慣れぬ町の名や人の名までですらすらと口にし、判らないことがあると秀哲に訊ねる。

そばに甲次郎がいるのも忘れたように、信乃は長崎帰りの医者と半刻以上も話し込んでいた。

そろそろ往診の約束があるから、と秀哲が言い出さなかったら、もっと留まっていたかもしれない。

帰り際にも、信乃は秀哲から新しい本を二冊借りた。これもまた異国の焼き物の本らしい。

「いつもこうやって、本を借りているのか」

若狭屋に帰る道すがら、甲次郎は訊ねた。

「長崎渡りの本は、買ってほしいと思《おも》ても高くて無理やさかい」

信乃は微笑《ほほえみ》を浮かべた。

「信乃がそれほど物知りだとは驚いた」

「けどうちが知ってることはみんな書物のなかのこと。若狭屋のことや商いのことは、うちよりも千佐ちゃんのほうがずっと詳しい」

千佐の名前が突然出てきて、甲次郎はなんとなしに信乃から目をそらした。

信乃は構わず、甲次郎の隣に並ぶと、言った。

「甲次郎兄さん。兄さんは千佐ちゃんがこのまま帰ってきてくれへんかったら、どないしはるんですか」

「……どうって、どういうことだ」

信乃がまっすぐに自分を見上げているのが判り、甲次郎は少なからず狼狽《うろた》えた。

「甲次郎兄さんはそれで本当にかまへんのか、ってことです」

何が言いたい、と甲次郎は問い返したくなった。

信乃のもの問いたげな目の奥に何があるのか、甲次郎には判らなかった。

何かに気づいているなら、はっきりと口にしてもらいたかった。

だが、信乃は目をそらし、先に立って歩き出した。
若狭屋に着くまで、一度も甲次郎を振り返ろうとはしなかった。

第二章　城代公用人

一

甲次郎と信乃が秀哲のもとを訪ねてから三日後のこと、昼さがりの若狭屋に、目つきの鋭い小男が現れた。

「この店の若旦那に用がある」

帳場にいた番頭に呼ばれ、甲次郎は店先に足を向けた。

待っていた小男の顔には甲次郎は見覚えがなかった。

だが、目が合った瞬間、甲次郎は男の正体の見当がついた。

男の目つきは、甲次郎がよく知っている男に似ていた。丹羽祥吾が連れ歩いている手先の伊蔵《いぞう》である。祥吾の父親の代から仕えている腕利きの手先衆だ。

目の前の男も、同じ類《たぐい》の男だろうと思った。

だが、そんな男が自分に会いに来る理由に、心当たりはなかった。

男は東町奉行所同心人見厚五郎《ひとみあつごろう》の手先をつとめる小平《こへい》だと名乗った。

「若旦那に聞きたいことがあってな。ちょっと北久宝寺町の町会所まで来てもらえへんか」

「北久宝寺町？」

「話は向こうでゆっくりしますわ」

怪訝《けげん》そうな甲次郎に、小平は続けて言った。

「それから、若旦那、三日前に北久宝寺町の川の近くを歩いてはったときに一緒にいてた娘さん、どこのどなたはんや。その娘はんも一緒に来て欲しいんやけどな」

「三日前？　ああ、あの医者のところに行ったときか」

そこまで言われて、甲次郎はようやく、北久宝寺町というのが秀哲の家のある町だと気づいた。同時に秀哲の家に行く途中で出くわした追いはぎのことも思い出した。

「もしかしたら、あの追いはぎのことで取り調べか。秀哲先生が町会所に届けたんだな。それで詳しい話をしろってんじゃねえのか」

「追いはぎやて？」

甲次郎の予想に反して、小平は驚いたような顔をし、逆に問いかけてきた。

「ほなら、若旦那を襲ったんか」

ぎ、若旦那が揉《も》めてた男ていうのは、追いはぎやったんか。その追いは
「襲われたのはおれじゃねえが。……なんだ、秀哲先生が町会所に届けたわけじゃねえのか」

ゃねえのか」

「そんな届けは出てへんな」

秀哲いうたら蘭方医でんな、と小平は甲次郎の言葉を独り言のように繰り返した。

「そうだ、蘭方医の先生だ。……しかし、そこから届けが出ていないとなると、なんでおれが町会所に呼ばれるんだ」

「若旦那。若旦那は本当に何も知らんのでんな」

小平は土間から甲次郎を見上げ、探るように言った。

「何の話だ」

「追いはぎか何か知らんけど、若旦那が三日前に唐物《からもの》問屋の前で揉めとったその

男、殺されよったで」

「なんだと」

「昨日、仏になって見つかったんや。うちの町内でな」

小平は口の端を曲げてゆっくりと言った。

「近くの長屋の連中から知らせがあって身元を調べてたんやけど、ほしたら、界隈《わい》に出入りしとる振売《ふりうり》の花屋が、何日か前に往来で揉めてたのを見た、て言うてな。その相手がどうも、本町の若狭屋の若旦那らしいちゅうことで、ここまで来たわけや。若旦那。悪いけど、そのときのお連れさんと一緒に、町会所まで来てもらうで」

甲次郎は信乃を連れて北久宝寺町に向かった。

面倒だとは思ったが、役人に呼ばれては断ることもできない。

二人の一歩前を歩く小平に、

「東町奉行所同心の手先か。なら丹羽祥吾を知っているだろう。おれの幼なじみだ」

甲次郎はそう言ってみたが、小平は曖昧《あいまい》に、はあ、とうなずいただけだった。

北久宝寺町の町会所は表通りから路地に入ったところにあった。

甲次郎が信乃を連れて町会所に入ると、四十がらみの人見同心が土間の腰掛けに腰をおろして待っていた。

人見は険しい顔で甲次郎と信乃を見た。

まず、小平が人見の前に進み出て、若狭屋で甲次郎とかわした会話を一通り説明した。

米問屋の前で死んでいた男は追いはぎであり、甲次郎はそれを追い払っただけのようだ、と告げると、人見は顔をしかめた。

「追いはぎと申すか」

人見の視線が甲次郎に移った。

「では、前からの知り合いではなかったというわけか」

「あそこで初めて見た男ですよ」

「だが、お前とその男が揉めていたのは確かなのだな」

「追いはぎが人を襲っていたから止めたんだ。それを揉めていたと言われたら、そりゃそうなりますがね」

「男の素性は知らぬのか」

「知らないと言ったでしょう」

「しかし、知らぬ者と往来で揉めるというのもおかしな話ではないか」

「だから、追いはぎだったからですよ。目の前で人が襲われていたら止めるもんじゃありませんかね」

「本当に知らぬ男だったのか」

「だから知らねえって言ってるだろう。あんたもいい加減しつこいな」

甲次郎は我慢できなくなって声を荒げた。

さっきから同じ質問ばかりだ。

「その言葉遣いはなんや」

手先の小平が声を張り上げた。

「こちらの御方はな、東町奉行所の町廻り同心人見厚五郎様や。お前みたいな奴《やつ》がえらそうに話せる相手とは違う」

「ああ、そうですか」

甲次郎はうんざりと言った。

人見は甲次郎と信乃を土間に立たせたまま、一人だけ腰をおろしてふんぞりかえっている。

同心というのはこれほどえらそうなものだったかと甲次郎は呆《あき》れていた。普段、祥吾と友達付き合いをしているから、感覚が狂っていたようだ。

信乃があまり怯《おび》えていないのが、まだ救いだった。

世間知らずの信乃は、ことのなりゆきがまだあまり摑めていないのだろう。ただ甲次郎の後ろできょとんとしている。

「おれの言うことが信用できねえなら、堀井秀哲って医者を呼んでくれ。その先生が襲われていたから、おれは助けたんだ」

「堀井秀哲……」

人見が眉《まゆ》をひそめ、小平を見た。

「小平。存じておるか」

「へえ。唐物問屋杵屋《きねや》の向こうに家を借りております蘭方医で」

「蘭方医か。追いはぎに襲われたと届けは出ておるのか」

「いえ、それが……」

「出ておらぬのか」

人見はさらに顔をしかめた。

「毛唐《けとう》の学問にうつつを抜かしておる奴らは、どうにも不届き者が多い。町内で胡乱《うろん》な奴を見かけたならばまず町会所に届けるのが筋であろう」

「まったくですわ」

小平が大きくうなずいた。

「またこの秀哲ていう医者が、しょっちゅう長崎に行くとか言うて家を留守にしとりましてな。物騒やと思てこっちが見廻りに行ってやってんのに礼の一つも寄こさん奴で……」

小平は舌打ち交じりに文句を並べた。

「しかし蘭方医に追いはぎか」

人見は小平の文句を遮《さえぎ》るようにつぶやいた。

「医者は金持ちが多いゆえ、追いはぎに狙われることも珍しくあるまいな。そして追いはぎならば人に恨まれることも多かろうし、殺されても仕方ないとも言える」

「はあ、まあ」

「……ということは、これはあまり大した事件ではないのかもしれんのう」

人見は額に手をあてて言った。

「それはそうですけども旦那……」

小平は主人の顔から緊迫したものが消えていくのを危惧《きぐ》するような顔になった。

「まあ、念のため、その蘭方医は調べねばなるまい。小平、町会所の者に命じて、その蘭方医を呼びに行かせろ」

「へえ」

小平はいったん奥に引き取ったが、すぐに戻ってきて、町会所から遣いの者を走らせた旨を伝えた。

「よし。ならば医者が来るまで、儂《わし》に代わってこの者たちの取り調べを続けろ」

人見は小平に命じ、それから手を叩いて町会所の女中を呼び、茶を持ってくるように命じた。むろん、自分のぶんだけである。

任せると言われた小平は複雑な顔をした。人見が本気で甲次郎の取り調べにやる気をなくしたのではないかと懸念しているようだったが、言葉にはせず、咳《せき》払いを一つして、小平は甲次郎の前に立った。

「死んだ男に連れはおらんかったんか」

「見なかったな」

そう応えてから、甲次郎は、ああと思い出して付け足した。

「連れと言えるかどうか判らねえが、仲間は近くにいたようだったな。おれが野郎を止めようとしたとき、横から礫《つぶて》か何か投げやがった」

「仲間やと。どないな奴や」

「遠目だったし、すぐに逃げちまったからな。だが、女だった」

「女か。……商家の女か」

「知らねえよ。遠目で見ただけだって言っただろう。……おい、死んでいたのは、男だけなんだな。女は一緒じゃねえんだな」

ふと気になって、甲次郎は訊《たず》ねた。

「そうや」

「ならその女が怪しいんじゃねえのか。男がどんな死に方をしてたかしらねえが、追いはぎのことだ、仲間割れでもしてぶすりとやられたかもしれねえ」

「なら、その女を捜すさかい、手がかりを話せ。どんな顔や。歳は」

「若い女に見えたがな。どんな顔といわれてもな……」

「ちらりとやったら、うちも見ました」

口をはさんだのは、信乃だった。

小平があらためて信乃に目をやった。

「兄さんを追い掛けて往来に出たら、じっとこっちを見てはる女のひとがいたさかい気になって。顔はもう一度見たら判ると思いますけど、どないな顔やていわれたら、うちも……」

困ったように信乃は首を振った。

「頼りにならん話やなあ」

小平は苛立ったように言い、意向を伺うように人見を振り返った。

「あの……旦那、どないしましょか」

「判った」

人見がやれやれといった様子で立ち上がった。

「もうよい。あとの話は蘭方医が来てから聞く。そこでしばらく待っておれ。儂は中で、町役人と話をしておる。小平、その二人を見張っておけよ」

同心は言い置いて、奥座敷に入っていった。

小平がへえと腰を曲げて応えた。

取り調べに対する意欲をなくした様子の主人に不満の色を見せた小平だったが、口に出して文句は言わなかった。言える立場ではないのだ。

甲次郎は信乃を見た。

疲れているのではないかと心配だったが、信乃は微笑した。

「うちは大丈夫です。心配せんといてください」

だが、そのまま土間で立ちっぱなしというわけにもいかない。

甲次郎は小平に断って、信乃だけでもと先ほどまで人見が腰掛けていた床几《しょうぎ》に座らせた。

そのままいらいらと秀哲が来るのを待っていたが、結局、誰もやってこないうちに、もう外は暗くなっている。

日暮れとともに辺りは冷えはじめ、肌寒さも感じ始めたころ、

「あの、すんまへん」

町会所の下役がおそるおそるといった顔で戻ってきて、土間に顔を出した。

「医者のところでずっと待っとったんですけど、往診に出かけとるようで戻りませんのや」

小平が舌打ちし、奥に人見を呼びに行った。

「なんだ、捕まらぬのか」

戻ってきた人見は下役の顔を見て、面倒くさそうに言った。

「帰ってくるのを待っていろ。とにかく連れてくるのだ」

「へえ」

下役は頭を下げ、かすかなため息とともに、再び往来に出て行った。

「小平」

人見は手先を呼んだ。

「お前はこの二人を見張っておけ。医者が来るまで帰してはならんぞ。医者の話と照らし合わせて、本当かどうか確かめねばならんからな。……儂はそこまで付き合う必要はなかろう。先に奉行所に戻る」

「……へえ」

「おいちょっと待てよ」

甲次郎は抗議の声をあげた。

「なんでおれたちがいつまでもここにいなきゃならねえんだ。何も関係ねえって言っただろう。用があったら後から若狭屋に来て聞けばいいんだ。だいたい追いはぎが一人斬られたくらいで大袈裟なんじゃねえのか。悪党が殺されりゃ奉行所としては万々歳だろう」

「うるさい。黙って言われたとおりにせえ。だいたいあの男は斬られて死んだわけと違う。首筋に妙な針が……」

「小平」

人見が慌《あわ》てたように制した。

「喋りすぎだ、小平。面倒なことを口にするな。そのことは忘れろと言うたであろう」

「へ、へえ。すんません、旦那。そやけど……」

小平は小さくなりながらも、何か言い返そうとした。

「小平」

「す、すんません」

再度の叱責《しっせき》に小平は黙った。

だが甲次郎の耳にはその前の小平の言葉がしっかりと届いていた。

(首筋に針だと)

似た話を祥吾の屋敷で聞いた。

殺されて堀に浮かんだ同心は首に針を刺されていたという話だった。

「……首に針って、どんな針だ。同じような話をこの間、町の噂で聞いたぜ。どこぞのお役人が首に針を刺されて死んだってな」

甲次郎の言葉に、再び奥座敷に戻りかけていた人見が、振り返った。

甲次郎は続けて言った。

「だが、悪いがおれはそんな大それた事件とは何も関わってねえぞ。そういう疑いをかけられているとしたら筋違い……」

「うるさい」

人見が鋭く遮った。

「黙れ。逆らうな。逆らうようなら縄をかけるぞ。本町の店にはこちらから知らせておいてやる。大人しくしていろ。噂だなんだと、町人風情が知らなくてもよいことだ」

「冗談《じょうだん》じゃねえ」

甲次郎も負けじと言い返した。

「町人風情というが、こっちは追いはぎを追い払ったんだ。本来ならあんたら奉行所の役人がやらなきゃならねえことをやって、金を盗まれかけていた医者を助けたんだ。それで役人に疑われたんじゃ割があわねえだろう」

「……その辺にしておけ、甲次郎」

ふいに馴染《なじ》みのある声がした。

甲次郎は振り返った。

「祥吾」

町会所の引き戸を開けて姿を現したのは、丹羽祥吾だった。

どこから走ってきたのか、祥吾は息を切らし、汗をかいていた。

息を整える間もなく祥吾は甲次郎を見、さらに奥の信乃を見た。

「祥吾様」

信乃も驚いたようで、立ち上がって祥吾を呼んだ。

祥吾は黙礼だけでそれに応え、

「お前と信乃殿が妙なことに関わっていると伊蔵から聞いて、驚いて飛んできたのだ」

甲次郎に向き直って言った。

祥吾の後ろには、いつも通りに手先の伊蔵がいた。

「丹羽ではないか、何だいったい」

人見が眉をひそめた。同じ東町の同心であれば、当然、祥吾の顔は知っている。

「すみません、人見様」

祥吾が人見に頭を下げた。

「こちらの二人は私の知り合いです。怪しい者ではありません。今日のところは、家に帰していただけませんか」

「しかし、知り合いであろうと……」

「何か不都合があれば、私が責めを負います。二人ともというのが無理ならば、そちらの娘だけでもかまいませぬ。体の弱い娘ゆえ、このまま取り調べを続けるのはご容赦いただきたい」

祥吾は甲次郎と人見の間に割って入り、頭を下げた。

「娘も、お前の知り合いか」

「はい」

祥吾はそう言って繰り返し頼んだ。

「人見様、お願いいたします」

「そうか、丹羽の知り合いか……」

人見は祥吾と甲次郎を等分に眺めた。

「……判った。おぬしが言うのならば、信用しよう。あとのことはおぬしにまかせる」

一つ咳払いしたあと、人見は甲次郎が拍子抜けするほどにあっさりと言った。

ちょうどよいから祥吾にすべて押しつけようとしているのがはっきりと判る態度だった。

助かった、と素直に思う一方で、甲次郎はさらに腹が立つのも感じた。こちらの言うことはまったく聞かず、役人どうしならば一言でうなずく。そういうところがいけすかなかった。

「だが、あくまでもおぬしに免じてのことだ。忘れるな」

「はい、ありがとうございます」

祥吾は人見に何度も礼を言ったあと、甲次郎と信乃を促して町会所の外に出た。

表通りに出たところで、甲次郎は足下に転がっていた石ころを蹴飛ばして言った。

「なんなんだ、あいつは」

「そう不機嫌な声を出すな」

祥吾が言った。

「お前の言いたいことは判るが、こちらにはこちらの事情があるのだ」

「どうだかな。役人っていうのは事情があろうがなかろうが町人相手にはふんぞりかえってやがるもんだ」

祥吾にあたるのは筋違いだと判っていたが、内心の苛立ちは消えていなかった。

「甲次郎兄さん」

信乃が消え入りそうな声で口をはさんだ。

「祥吾様は助けてくれはったのに、そんなこと」

「いや……」

祥吾は信乃に顔を向けた。

「お疲れになったでしょう。迷惑をおかけした。申し訳ない」

「いえ……」

信乃はうつむいて、小さく首を振った。

「で、今度の殺しと、例の同心殺しはやはり何か関係がありそうなのか。殺しの手口が同じだって話だったが」

「……人見殿がそんなことまで仰ったのか」

「手先が口をすべらせただけだ。人見は慌てていたよ。面倒なことを口にするなってな」

「面倒なこと……」

祥吾の表情が曇った。

「そのことは忘れろと言ったはずだとかなんとか、焦って手先に命令していた」

「……そうか」

「あの同心は、お前ほどには同僚殺しの探索に熱心じゃねえようだな。関わりたくねえっていうのが態度に表れていたぜ。まあそういう奴のほうが多いんだろうから、お前もあまり一人で熱心に……」

「甲次郎」

祥吾は甲次郎の言葉を遮るように言った。

「その話はあくまで内々にと言ったはずだ。軽々しく口にするな」

「……ああ、そうかよ」

甲次郎は舌打ちした。

心配してやっているのに、と面白くなかった。

祥吾はかまわず、信乃に向き直った。

「若狭屋までお送りしよう。宗兵衛殿にもお詫びしておく」

「いえ……」

「別にいらねえよ。たいして遠くでもねえんだし」

甲次郎が割って入ると、祥吾はうなずいた。

「そうか。……そうだな。お前がいれば、危ないこともなかろう。ならばここで失礼する。おれは奉行所に戻らねばならん。役務を途中で放り出してきたからな」

「あの……お気を付けて」

信乃が頭を下げた。

祥吾は信乃に会釈し、黙って去っていった。

甲次郎も何も言わずに祥吾の背を見送った。

わざわざ駆けつけてくれた幼なじみにきちんと礼を言っただろうかと後から気になったが、そのために追いかける気にはならなかった。

二

翌日、甲次郎は朝から心斎橋《しんさいばし》筋に出かけた。

心斎橋筋はもともと新町《しんまち》遊郭と道頓堀《どうとんぼり》の芝居《しばい》町をつなぐ通りとして栄えてきた町である。老舗《しにせ》の呉服屋大丸《だいまる》のほか、若い娘に人気の小間物屋や食べ物屋が軒を連ね、陽が落ちれば夜店もならび、昼夜問わずいつでも賑やかな界隈だ。

その心斎橋筋は、本屋の集まる場所としても知られていた。

儒学書や史書など堅い書物を専門に扱う書物問屋から、摺《す》り物の類を売り出す草紙屋《そうしや》まで、数多く店を出している。

甲次郎は、そんな草紙屋のどこかに、昨日取り調べを受けた追いはぎ殺しについて、何か摺り物が出ていないかと思ったのだった。

いらぬ好奇心だと思いはしたが、それでも気にはなる。

追いはぎの身元は判ったのか、下手人の目星はついたのか、少しでも新しいことが判らないかと思い、草紙屋を何軒か回ってみた。

どの店にも事件について扱った摺り物は、一枚も出てはいなかった。

（やっぱり、例の同心殺しと繋《つな》がっているかもしれねえからか）

近頃の草紙屋はたくましく、小さな事件でもこまめに摺り出して売りさばく。

摺り物というのは百枚ほども売れれば元はとれ、良い商売になるからだ。

なのに、どの草紙屋もまるで扱っていない。

余計に気になった。

「おい、摺り物ってのは、店先に出ているだけなのか」

甲次郎は何軒めかの店で、帳場の主人に声をかけてみた。

殺しだの喧嘩だのといった事件を摺り物に仕立てるのは厳密には公儀に禁止されていることであるから、店によっては、常連にのみ売ることもある。枕絵などと同じで、目立つ店先には並べていなくても、奥から出てくることはあるのだ。

「それだけですわ」

店の主人は素っ気なかった。

「もっとこう、面白い話はねえのか。人殺しだとか、仇《あだ》討ちがあったとか、そういうのは」

「近頃はありまへんなあ」

「この店になくても、売っていそうな店を知らねえか」

「知りまへんなあ」

本当に知らないのか、馴染みでもない客には教えられないのかは判らなかった。

とにかく、歩き回った割には無駄足になったことは確かだった。

五軒目の草紙屋から手ぶらで出てきた甲次郎は、そろそろ諦めて昼飯でも食いにいくか、と歩き始めた。

そこで、甲次郎は視線の先に見覚えのある男の姿を見つけ、驚いて足を止めた。

小平だった。昨日、甲次郎と信乃を町会所に呼び出して取り調べた男である。数軒先の店先にいるため、こちらには気づいていないようだった。

小平は本屋の軒先で誰かを待っているようだ。

あからさまに悟られるような下手な尾行ではないが、小平の役目を知っている者ならばぴんとくる。ちらちらと暖簾《のれん》のなかをのぞきこみ、小平は店のなかの誰かを見張っているのだ。

甲次郎は気になって、立ち止まったまま、小平の様子を窺《うかが》った。

と、小平が慌てたように身を翻《ひるがえ》し、路地に消えた。

同時に、店のなかから男が出てきた。

その男の横顔を見て、甲次郎は目を見張った。

男は堀井秀哲だったのだ。

小平は秀哲を見張っていたのだろうか、と甲次郎は思った。

昨日の今日だ。小平はまだ、追いはぎ殺しを調べているはずである。

そして、秀哲は、事件に関わりのある人間だった。

（まさか、あの先生が殺しに関わっているなんてことはねえだろうが……）

昨日、甲次郎と信乃は先に店に帰ってしまったから、結局、秀哲が町会所に出頭したかどうかは知らない。取り調べで何か怪しいことでも判ったのかもしれなかった。

「おや、若狭屋の若旦那」

そこで、こちらに歩いてきた秀哲が甲次郎に気づき、声をかけてきた。

親しげに近づいてくる姿に、甲次郎は会釈した。

小平がこちらを窺っているかもしれないと気にはなったが、話しかけられては無視するわけにはいかなかった。

秀哲は手に大きな風呂敷包みを持っていた。中には書物が入っているようだった。長崎で大量の書物を買ってきたばかりだというのに、また何やら買い込んできたらしい。

秀哲は甲次郎の前まで来ると、まず丁寧《ていねい》に頭を下げた。

「この間はお世話になりました。追いはぎから助けていただいて。信乃さんはお元気ですか。あのあと、風邪をひかれたりしませんでしたか」

「元気でぴんぴんしていますよ。昔とは大違いだ。先生のおかげです」

「そうですか。それはよかった」

秀哲はにこにこと笑った。

それから、やや声をひそめ、

「ところで若旦那。昨日、町会所の連中に呼び出されたそうですね。あの追いはぎの一件で」

「ああ、まあ」

「私もですよ。参りました」

秀哲は肩をすくめた。

「昨夜遅くに家に帰ったら、町会所の方が待ちかまえていましてね。へとへとに疲れていたというのに、そこから長々と取り調べですよ。うんざりしました。だから役人連中は嫌いなのです。私はただあの男に狙われただけで、何の関係もないというのに」

秀哲は大袈裟に顔をしかめた。

「まったくですな」

甲次郎がうなずくと、秀哲は改めてもう一度、甲次郎に頭を下げた。

「若旦那にも信乃さんにもご迷惑をおかけしました。私のせいで妙なことに巻き込んでしまった。申し訳ない。どうです、お詫びとお礼に、お昼をごちそうさせていただけませんか。今から鮨《すし》でもと思っていたところだったのです」

秀哲は気さくに言った。

「近くに旨い鮨屋があるのですよ。ぜひご一緒に」

甲次郎は一瞬ためらった。

だが、結局うなずいたのは、秀哲という男に興味を覚えていたからだった。

小平がつけ歩いているとすれば、秀哲は事件と何か関わりがあるのかもしれない。そうでなくても、蘭方医など普段あまり話すことのない相手だ。話をするのも面白いかもしれないと思った。

秀哲が甲次郎を連れて行ったのは、道頓堀にほど近い小さな店だった。

座敷はすでにいっぱいで、秀哲と甲次郎は土間の腰掛けにかけ、飯台《はんだい》についた。

大坂では鮨といえば箱鮨で、握り鮨はあまりない。

文政の初めに江戸で流行り始めた握り鮨は、十数年後には戎橋《えびすばし》の松の鮨という店が大坂に持ち込んだが、あまり広まらなかった。

名を知られた鮨屋もほとんどが昔ながらの箱鮨の店で、秀哲が連れて行った亀屋も、やはり箱鮨の店だった。

真四角の箱で押した鮨を、縦三つ横四つに切って分け、一箱四十八文の値をつけている。

確かに旨い。

素直に褒《ほ》めると、秀哲は相好《そうごう》を崩した。

「そうでしょう。私はここの鮨がいちばん好きです。鮨は大坂に限るし、大坂でもこの亀屋に限る。江戸でも鮨はよく食べましたが、握りより箱鮨のほうが私は好きだ」

「先生は江戸にもおられたことがあるんですか」

「ええ、五年ほど遊学していましてね」

生まれは長崎だが、十代のときに江戸に移って医学の勉強を始め、その後再び長崎に戻って阿蘭陀語を学び直した後、大坂に暮らすようになったのだ、と秀哲は言った。

「長崎にいたのに、またなんで江戸に移られたんです。素人目には、蘭方の学問ならば長崎のほうがよさそうに見えますが」

「それはそうですが、まあ、いろいろありましてね」

秀哲は薄く笑った。

「長崎で親が財を失いまして、もう町にとどまれなくなったのですよ。財をなくしただけではなく、二親とも相次いで死んでしまいましたのでね。身内を頼ることもできず、途方にくれました。しかし、私は幸いなことに、当時から阿蘭陀語だけはかじっておりましてね。門前の小僧といいますか、親がそういう仕事をしていたからなのですが、家も財もなくしたときに、残っていたのはただ阿蘭陀語の知識だけ。江戸ではそれだけを頼りに生きていたようなものです」

秀哲は穏やかに言った。

「それで、またなぜ大坂で開業されたんで」

「ひとに勧められましてね。大坂は良い町ですよ。威張り散らす武士は少ないし、書物も手に入れやすい。食べ物も旨《うま》い」

そこまで言って、秀哲はふと気づいたように甲次郎を見た。

「若旦那は、どちらのご出身です。失礼ながら若狭屋のご夫婦とは血縁はないと信乃さんに伺っています。言葉にあまり上方訛《なま》りがないようですが、お生まれは東国のほうで?」

いやそれは、と甲次郎は苦笑した。

「大坂で育ったことは育ったんですが、数年の間、大坂を離れて江戸や東国をうろうろしていたことがありましてね。その間に上方言葉も忘れたようで」

「しかし、それにしても訛りがなさすぎる」

秀哲は妙にこだわった。

「人というのは、生まれ育った土地の言葉はなかなか抜けぬものです。ことに上方の訛りはきつい。大坂で生まれた方は、どれほど旅暮らしをしていても上方訛りを話します。長崎の遊学先でもそうでした。しかし、その点、若旦那は違う。失礼ながら、この間お話ししたときには、江戸のお生まれかと思いました」

違いますか、と秀哲はしつこく訊ねてきた。

「言葉だけではない、若旦那は物腰からして、どうにも商家の方とは違う気がします。追いはぎを追い払ってくださったときに思ったのですが、武芸の心得もおありのようだ。もしや武家の出では、と思ったのですが」

訊《き》いてくる秀哲の口調は呑気《のんき》で、表情も屈託がない。だが、こちらを見ている目に、どこか探りを入れるようなものを感じ、甲次郎は眉をひそめた。

どうしてそんなことを知りたがるのか、と警戒心が生まれた。

甲次郎が若狭屋の養子になった事情は複雑で、甲次郎も若狭屋の養父も、日頃からできるだけその話には触れぬようにしている。

甲次郎が不快さを示したのを、秀哲はすぐに気づいたようだった。

「いえ、少し気になっただけで。申し訳ない、立ち入ったことを訊いてしまいました」

すみません、と謝って、秀哲は話題を変えた。

「ところで信乃殿のことですが、あのお嬢さんは本当に頭のいい方ですな」

「はあ」

「いつも感心しているのですよ。こちらの勧めた書物をきちんと読みこなしているだけでなく、私の思いもしなかったようなことを訊いてきたりする。信乃殿と話をするのはとても面白い」

「………」

甲次郎はまたも返答に困った。

信乃は確かに異国の書物に興味があるようで、秀哲と楽しそうに話をしていた。甲次郎もそんな信乃を見るのは楽しく、信乃が関心を持っているなら書物もどんどん読めばいいと思った。

しかし、たとえそうではあっても、よその男に自分の許婚《いいなずけ》と話をするのはとても楽しいなどと言われ、あまり寛容でいるわけにもいかない気がした。

「ああ、これは申し訳ない。また失言でしたな」

秀哲は苦笑した。

「信乃殿は若旦那の許婚、軽はずみなことを言いました。信乃殿にも申し訳ない。くれぐれも申し上げておきますが、私は信乃殿に邪《よこしま》な思いを持ったりはしていませんよ」

そう言った秀哲の口調はあっさりとしていて、甲次郎もつられて笑った。

「そんなことを心配しちゃいませんがね」

「でしょうな。信乃殿は一途なお方だ。話をしているだけで判りました」

甲次郎は黙って鮨に手をのばした。

秀哲も残りの鮨を旨そうにほおばった。

店の暖簾を分けて新たに客が入ってきたのは、二人の会話が途切れたそんなときのことだった。

いらっしゃい、と店の主が声をかけ、こんにちは、と女の声がした。

何気なく振り向くと、職人らしい男が若い娘を連れて入ってきて、

「今日は客が多いな」

ちっと舌を鳴らし、男は娘を連れていちばん奥の腰掛けに向かおうとした。そのためには秀哲と甲次郎のすぐ後ろを通らなければならない。

狭い店のことで、甲次郎の腰掛けを避けて通ろうとして娘がよろけ、秀哲に寄りかかる形になった。

その一瞬の秀哲の眼差しの鋭さに、甲次郎は息をのんだ。秀哲はまるで斬りかかってくる相手を避けるような険しい顔で娘の体をかわしたのだ。

「あ」

娘は声をあげて飯台に倒れ込み、

「ああすみません」

と秀哲は言った。

険しい表情は、そのときにはもう消えていた。

娘は秀哲に会釈をし、奥に歩いていった。

甲次郎は秀哲から目をそらし、鮨に手を伸ばした。

だが、胸の中からは違和感が消えなかった。

甲次郎がふと思い出したのは、往来で追いはぎに襲われていたときのことだった。

秀哲は襲われるままに悲鳴をあげ、尻餅をついていた。

だが、甲次郎が目を離した隙に追いはぎの匕首《あいくち》を奪い取っていたのも、秀哲だったのだ。

三

甲次郎が若狭屋に帰ったのは、もう夕刻になろうかという時分だった。

鮨屋で秀哲と別れたあと、先ほど姿を消した小平がまだその辺りにうろうろしているのではないか、何か話を聞けないものかと思い、しばらく心斎橋筋を歩いていたのだ。

結局、それも無駄足になった。

秀哲の後は誰とも出会うことはなく、甲次郎は疲れだけを感じて若狭屋に帰った。

勝手口から店に入った甲次郎は、台所で一杯水を飲んでから離れに戻ろうとして、何やら店先からざわついた空気が流れているのに気がついた。

誰か大口の客でも来ているのか、賄《まかな》いの女中までもが廊下に顔をのぞかせ、店の方を見ながら何やらひそひそ話をしている。

「誰が来ているんだ」

甲次郎は古参の賄い女中おまつをつかまえて訊ねた。

「あら若旦那。お帰りでしたんか。いえね。驚かんといてください。お殿様のお遣いがお出でなんです」

おまつは頬を紅潮させて言った。

「殿様？」

「御城代様です。小浜《おばま》の殿様の、お遣いです」

「城代だと……」

甲次郎は驚いた。

若狭屋は小浜の呉服屋に生まれた宗兵衛が親元を離れて大坂で始めた店で、繁盛はしているが、大坂ではまだまだ老舗とはいえない。

得意客には蔵役人や豪商の内儀もいるから、商いとしては安定しているが、新興の店であって、大坂城代のような権力者が遣いをよこすほどの格式はない。

「城代の遣いが何をしにきたんだ」

「奥向きの方々からのご注文やそうで。ありがたいことです。御城代様御用達《ごようたし》となれば、若狭屋も今までよりもぐんと箔がつきます」

おまつは顔を輝かせていた。

おまつは若狭屋の主人宗兵衛が郷里の小浜から連れてきた奉公人である。次の大坂城代が小浜の領主だと知ったときには素直に喜んでいた。

郷里の殿様が大坂一の権力者としてやってくるとなれば、小浜出身の商人としては何か良いことがあるのではと期待が高まるのは当然だ。

だが、まさかすぐに本当に城代屋敷から遣いが来るとは店の者は誰一人思っていなかったはずだ。

商いはそれほど甘いものではない。

宗兵衛の親元は小浜の町でお城の御用を務める老舗だが、その程度の縁の持ち主は大坂には大勢いる。

昨年の暮れ、城代の交替に先だって大坂入りした御先用衆の元に、宗兵衛はすぐに挨拶に行ったし、その後も何度かは下屋敷に挨拶に行っていたはずだったが、それだけですぐに御用達になれるほど甘いものではないとみな思っていたのだ。

「旦那様もえらい驚いてはりました」

先触れもなしの訪問だったらしい。

宗兵衛は町内の寄り合いに出向いていたのだが、すぐに手代が呼びに走った。

「お店に戻ってこられたときは、お顔が真っ白になってはったほどで。きっとよほどびっくりされたんやと思います」

おまつは邪気無く言ったが、甲次郎は、宗兵衛の気持ちを思いやると素直には喜べなかった。

確かに店にとってはありがたく、めでたい話かもしれないが、宗兵衛は単純に嬉しいとは思っていないはずだ。

若狭屋宗兵衛と大坂城代の間には、人には言えぬ密かな関わりがあった。

宗兵衛には、今の大坂城代小浜藩主酒井讃岐守が妾に生ませた子供を密かに自分の倅《せがれ》にした過去があるのだ。

それが表向きには遠縁から引き取ったことになっている甲次郎である。

どのような事情でそんな大それたことを宗兵衛がしてのけたのか、詳しいことを甲次郎は知らない。

宗兵衛以外の店の者も、むろん知らないはずだ。養母が知っているのかどうかも、甲次郎は確かめたことがない。

甲次郎が知っているのは、酒井讃岐守は自分の実の父親だということと、幼い頃に亡くなった母がいつも誰かに追われるように息を潜《ひそ》めて暮らしていたことだけだ。

「そういえば若旦那」

おまつが思い出したように手を打った。

「お帰りになったらお店に来て欲しい、て旦那様が言うてはりました」

「なんだと」

甲次郎は眉をひそめた。

甲次郎は若狭屋の跡取りだが、今まで商売にはほとんど関心を持たず、両親が放任してくれるのをいいことに、店のことにはまったく触れずに過ごしてきた。

客の応対に出たこともない。

「なんでおれが行かなきゃならねえんだ」

「なんでも、殿様のお遣いの方が、若旦那にも会いたいて言うてはるそうで」

どういうことかと甲次郎は訝《いぶか》ったが、そこでもしやと思いついたことがあった。

「おい、城代のお遣いってのは、どんな奴なんだ。奥女中か?」

呉服屋に注文を持ってくるとなれば普通は奥女中であるはずだ。

おまつは首を振った。

「御城代公用人の岩田様と仰る方です。御城代公用人様が直々にお出でになるやて普通はないことやそうで、今回はお忍びとのことでした。奥向きのお女中方もご一緒ですけど」

やはりそうか、と甲次郎はつぶやいた。

岩田の名には覚えがあった。

酒井讃岐守が大坂城に入る前から御先用として大坂入りしていた小浜藩士の一人で、甲次郎は先用衆の仮役所となった宿の前で、岩田と言葉を交わしたことがあった。

そのとき、岩田は甲次郎の顔を見て、知り合いの女に似ていると言ったのだ。

江戸にいたというその女は、おそらくは酒井讃岐守の側室《みそ》であった甲次郎の母親だろう。小浜の商家に奉公に出ていた折りに藩主に見初められ、江戸に連れて行かれた女である。そして、その後、江戸藩邸から幼い息子を連れて逃げ、そのまま江戸の片隅で息を引き取った。

名をおえんという。

岩田はおえんによく似た甲次郎の素性を知りたがったが、甲次郎は警戒し、そのときには自らの名は名乗らなかった。

だが、甲次郎を本町の若狭屋の倅だと岩田に告げてしまった者がいたのだ。

その後、特に若狭屋に遣いが来ることもなかったため、甲次郎はそのことを忘れかけていたのだが、岩田の方は忘れてはいなかったようだ。

城代御役替えも無事に終わり、家臣団の引越が一段落した今になって、あらためて甲次郎を訪ねてきた。

（冗談じゃねえ）

岩田と会えば、またその話になるかもしれない。

それがどれほど厄介《やっかい》なことか、甲次郎も判っていた。

下手をすれば、若狭屋の養父や身内、すべてのものに迷惑がかかる。

そんな危険をおかしてまで近づきたい相手ではなかった。

大坂城代は、今の甲次郎にとっては遠い存在でしかないのだ。

（だが……）

そう思う一方で、岩田に会ってみたい気持ちも胸の内にはあった。

岩田は間違いなく、甲次郎の死んだ母を知っている男なのだ。

宗兵衛が話そうとしない過去のいきさつについて、何か甲次郎に語ってくれるかもしれなかった。

「……判った。店に行く」

甲次郎は逡巡《しゅんじゅん》の後うなずき、もう一杯水を飲んでから、店に向かった。


岩田惣右衛門《そうえもん》は奥の座敷に通されていた。

甲次郎は廊下から声をかけ、座敷の襖を開けた。

部屋に入ると、中には岩田と供の侍が一人、さらに女が一人いて、宗兵衛は下座に、番頭と二人で控えていた。

さすがに城代の遣いが相手となると、番頭の顔には普段とはまるで違う緊張が浮かんでいる。

一方、宗兵衛はといえば、思ったより平然と、その場に座っていた。

「これが若狭屋の跡取り、甲次郎にございます」

宗兵衛が甲次郎を紹介した。

甲次郎は丁寧に頭を下げた。

「そう堅苦しくならずともかまわぬ。城代公用人と言うても、今日は女たちの買い物につきあって息抜きに参っただけじゃ」

岩田は頭を上げるように甲次郎に言った。

「ところで甲次郎とやら、儂《わし》は以前にその方と会《お》うたことがあるのだが、覚えておるか」

どう応えていいものか、甲次郎は迷った。

さすがに二月前のことだから覚えてはいる。しかし、しらを切った方がいいような気もした。

宗兵衛が、驚いたように甲次郎を見た。

「覚えておらぬか。まあ、無理もない」

岩田はあっさりと言った。

「が、今、あらためて顔を見て、やはり驚いた。甲次郎とやら、その方は本当に儂の昔の知り合いに似ておる」

「昔の知り合い、と申されますと……」

宗兵衛は咳払いを一つし、おそるおそるといった口調で訊ねた。

「江戸屋敷にいたお女中じゃ。が、もうずいぶん昔のことじゃ。他人の空似というのは面白いものよ。案外、どこかで血が繋がっておるのかもしれぬの。そのお女中も小浜の者であったし、ここの者たちも小浜の出というからの」

岩田はのんびりと笑い、

「さて、跡取り息子の顔も見たことじゃ。そろそろお暇《いとま》するとしよう」

気さくな口調で言い、立ち上がった。

「若狭屋」

「はい」

「この店は、なかなか良い店じゃ。気に入った。またふらりと立ち寄ることがあるかもしれんが、よろしゅうにな」

「恐れ多いことで……」

「儂が寄れぬときは、この者に遣いを頼むことになろう。儂の側仕えの者じゃ。覚えておくがいい」

岩田は連れの女を指し示し、言った。

「菊江《きくえ》と申します。お見知りおきを」

女が会釈しながら宗兵衛と甲次郎を見た。

甲次郎と目が合ったとき、菊江の目がわずかに見開かれたような気がしたが、そのときには甲次郎はただ、美しい女だと思っただけだ。

菊江は歳は三十路《みそじ》前といったところだろうか。大名の奥向きに仕える女にしては、艶のある色の紅《べに》を唇にさしていた。

しかし、岩田の後について部屋を出て行く菊江が去り際にふと後ろを見、横顔が目に入った瞬間、甲次郎ははっとなった。

（まさか）

女の顔に見覚えがあるような気がしたのだ。

どこで見たのか……と首をひねり、思い出した。

この間、秀哲を襲った追いはぎと揉めた、あの現場だ。

あのときに追いはぎの加勢をした女の横顔が、菊江に似ていた。

菊江はそ知らぬふりで、岩田の後について部屋を出ていく。

もう一度顔を確かめようと、甲次郎は後を追って立ち上がった。

「もうお帰りですか」

廊下に出た岩田の前に、茶のお代わりを持ってきた信乃が驚いたように立ち止まるのが見えた。

「おお、すまぬな」

岩田はにこにこと信乃に笑いかけた。

「確かここの娘御じゃったな。気を遣わせた。今日はこれで帰るが、以後はこの菊江が買い物に来るゆえ、よろしゅうにな」

岩田は信乃にも菊江を紹介した。

菊江の顔を見た瞬間、信乃は驚きに目を丸くし、手にしたお盆を危うく落としそうになった。

何に驚いたのか、甲次郎には判った。

信乃もあの日、同じ女の顔を目にしているのだ。

「お気を付けなされ」

「申し訳ございません……」

「よいよい」

岩田は上機嫌のままで去っていく。

菊江が信乃にも笑いかけ、後に続いた。

「甲次郎兄さん」

客の姿が廊下の向こうに消えたあと、信乃が不安そうな声で甲次郎を見た。

「さっきの女の人……」

「忘れろ」

甲次郎はとっさに言った。

「いいから、忘れろ」

「けど」

「いいな。忘れるんだ」

甲次郎はもう一度、信乃に命じた。

こんなことは覚えていても信乃には何の意味もないことだ。

恐ろしげに震える信乃の肩に手を置きながら、甲次郎自身も、

（見間違えかもしれねえ）

自分に言い聞かせた。

四

翌朝早く、甲次郎は店を出た。

東横堀川沿いを急ぎ足で歩いた。

このところの陽気で川沿いの桜が何本か咲き始めていたが、甲次郎の目には入らなかった。

祥吾の屋敷に行くつもりだった。

昨日の岩田の訪問は、若狭屋をいろいろな意味で浮き足立たせた。

一行が帰ったあと、店の番頭や手代たちは、店に訪れた幸運に舞い上がり、のぼせたような口調でこれからのことを話し合った。

城代屋敷の奥向きからの注文となれば、いろいろと気を遣う。店にあるもので間に合わせるわけにもいかず、仕入れ先に一から品物を注文しなおさなければならない。

店には物見高い近所の者が次々にやってきた。

城代公用人がお忍びで若狭屋にやってきたというのは、界隈ではあっという間に噂になったのだ。

若狭屋は格式のある老舗というわけではない。

そんな店になぜ城代屋敷の注文が、と、同業の者もそうでない者も、お祝いを口実に探りを入れに来る。

宗兵衛はそのたびに、

「うちは若狭の出やさかい、御城代公用人様のお目にとまったようで。ありがたいことです」

などと相手をしなければならなかった。

忙しく店のなかを歩く宗兵衛が、甲次郎に時折目をとめては、何か言いたげにするのを、甲次郎自身も気づいたが、あえて無視した。

岩田のことで宗兵衛と話をしたい気持ちは甲次郎にもあったが、何を話せばいいのか改めて考えると、判らなかった。

それに、甲次郎は、菊江のことがまず気になっていた。

菊江が本当にあのときの女なのか確信は持てなかったが、信乃も同じことを思ったようであったし、二人ともが見間違うとは考えにくい。

甲次郎は、菊江のことを祥吾に告げるべきかどうか、一晩考えた。

北久宝寺町の追いはぎ殺しは例の同心殺しと関わっているかもしれない。そこに大坂城代の奥女中が絡んでいるとなれば、重大な手がかりになる。

やはり祥吾には話すべきだ、と甲次郎は決めた。

似た女がいた、という事実だけでもいい。それで祥吾がどう判断するか、考えを聞いてみたかった。

祥吾が奉行所に行く前に屋敷で話をしておきたかったため、甲次郎は小走りになった。

朝の淀川《よどがわ》は京へ立つ十石船《じっこくぶね》の荷積みで賑わっている。

その賑わいを横目で見ながら、甲次郎は天満橋《てんまばし》にさしかかった。

甲次郎の歩調が鈍くなったのは、その橋の半ばまで来たときだった。

橋の上に、ひとりの女が立っていた。

まさかと思った甲次郎は、こちらを向いた女の顔を見て、さすがに息をのんで立ち止まった。

「あんた……」

菊江だった。

城代の奥女中のはずが、供もなく、仕入れの商人で賑わう橋の上に、たった一人で立っていた。

菊江は甲次郎を見て微笑し、笑みを浮かべながら近づいてきた。

「こんにちは、若狭屋の若旦那さん。朝早くからお出掛けですか」

「……これはどうも。昨日はありがとうございました」

甲次郎は一応、呉服商の若旦那らしくお辞儀をした。

相手は若狭屋に注文を持ってきた城代屋敷の奥女中であり、丁重《ていちょう》に接するのは当然といえば当然だ。

だが、菊江は笑い、さらに一歩、甲次郎に近づいた。

「まあまあ、丁寧なご挨拶《あいさつ》をいただけて嬉しゅう存じます。もっと警戒されているかと思っておりましたけど。ほら、若旦那さんとは最初に会った場所が場所ですから」

甲次郎は言葉を見つけられず、菊江の顔を凝視した。

「まあ怖い。そんなふうに睨《にら》まれても困ります」

菊江は嫣然《えんぜん》と笑った。

「まさか公用人様の御供で出かけた先で、あのとき邪魔をしてくれた殿方に会うとは思っておりませんでした。驚きましたわ」

甲次郎は背筋に寒気が走るのを感じた。

気づかない間に、菊江の手が甲次郎の肩先に伸びていたのだ。

その手の先に何か光るものが握られているのが目の端に映った。刃物か針か、いずれにしろ剣呑《けんのん》な代物《しろもの》だ。

相手が女だと思って警戒せずに間合いに入れたことを、甲次郎は後悔した。

菊江は明らかに、何らかの武芸を身に付けている。

だが、もう遅かった。

甲次郎は菊江を睨みながら言った。

「それでどうする気だ。まさか、見られちゃまずいところを見られたから殺すとでもいうわけか」

「さあ、どうしましょうかね」

「……なんで城代の奥女中が追いはぎに手を貸していたんだ」

「さあ」

菊江は笑っている。

殺されるのかもしれないと甲次郎は本気で思った。

それほどの冷徹な殺気を菊江は身にまとっていた。

だが、菊江は一拍おいて、甲次郎から離れた。

「ただ驚いただけです。まさか岩田様のお気に入りの若旦那さんが、この間、私たちの邪魔をしたあの男とはね」

お気に入りと言われて甲次郎は眉をひそめた。

「けれど、いくらお気に入りでも放ってはおけないこともあるんですよ。若旦那さん。奉行所のご友人に私のことを密告に行くおつもりだったでしょう。それはお止めいただだかないと」

「………」

「まあ若旦那さんがどうしても、と仰るんでしたらかまいませんけれど。そうなった場合、ご友人が危ない目に遭うかもしれません。その覚悟だけはしてもらいますよ」

「なんだと」

「それだけ、言っておきたくて。では、私は用がありますから」

菊江はくるりと甲次郎に背を向け、下駄を鳴らして歩き始めた。

「待てよ」

甲次郎は菊江の腕を摑んだ。

「ああ、そうそう。これも言っておかないと」

振り向いた菊江は、甲次郎の険しい表情を楽しげにながめながら言った。

「堀井秀哲……あの蘭方医には近づかないほうがいいですよ、若旦那さん」

「なに。どうしてだ」

「さあ。それは言えません」

「……あんたが往来で秀哲先生を襲ったのは、なんのためだ。あんたが城代の奥女中だとしたら、ただの追いはぎとも思えねえんだが」

「さあ、どうでしょう」

「あんたと一緒にいた追いはぎ野郎は、その後、殺されたそうじゃねえか。誰が殺した。秀哲先生を襲ったから殺されたのか」

「質問が多いですねえ、若旦那さん。けど」

菊江はごく自然に甲次郎の腕をふりほどいた。

「今日はここまでしかお話しできません」

「ふざけるな……」

甲次郎は声を荒げた。

一方的な話ばかり聞いてはいられない。

だが、そのとき、脇からすっと近づいてきた駕籠《かご》が、菊江のそばで止まった。

町駕籠ではなく、位のある武家が使う女駕籠だった。

駕籠かきが黙って垂れをあげた。

「ああお迎えが来た」

菊江はさらりと言って駕籠に乗り込んだ。

待て……と甲次郎は声をあげかけたが、途中で飲み込まざるを得なかった。

天満橋の上は人通りが多い。城に近く、特に朝方は、天満の同心町から城や奉行所に出向く武家も多く行き交っていた。

武家の駕籠に声を荒げていては人目に立つ。

町人である甲次郎が武家の女と話をしているだけで、往来の注目を浴びているのが判った。

「では、また」

菊江は悠然《ゆうぜん》と微笑した。

甲次郎は城の方に去っていく駕籠を黙って見送るしかなかった。

第三章　謎の女

一

「それにしても忙しゅうなりました。ありがたいことで」

若狭屋の店先で、番頭の五兵衛《ごへえ》が嬉しそうに話す声が聞こえた。

相手は昔から懇意にしている義太夫の女師匠で、若狭屋が城代屋敷御用達《ごようたし》になったとの噂を聞きつけて、久しぶりにやってきたようだった。

店の様子を見に来た甲次郎は、相変わらず人の出入りの多い帳場を見て肩をすくめた。

城代公用人岩田惣右衛門の訪問から三日が過ぎていた。

五兵衛の言う通り、若狭屋の商いはこれまでになく忙しくなっていた。

城代屋敷御用達になったとの噂が町に広まり、今までは老舗《しにせ》でしか買い物をしなかった大店《おおだな》の内儀までが若狭屋に来るようになった。

大坂で最高の権力者が買い物をした店で自分も、と考える者は予想以上に多いようで、これまでの得意先からの注文も増えた。

番頭や手代は寝る間も惜しんで仕入れ先や仕立て職人との交渉に飛び回っていた。今まで使っていた職人だけでは足りず、新たな職人も探さねばならなかった。

城代屋敷と関わりを持つことを嫌がっていたようにも見えた宗兵衛は、商売繁盛に関しては、素直に喜んでいるように見えた。

甲次郎には少しばかり意外だったが、商人であれば、店の繁盛は何よりも喜ぶべきことなのかもしれない。

店は常に人手が足りず、日頃は奥で品物の整理だけ手伝っていた信乃まで、店先に出て客と話をした。

「信乃お嬢さんはあまり世間をご存知と違いますさかい、どないやろか……」

番頭や手代たちは、箱入り娘に客の相手ができるかと案じていたようだったが、信乃は案外、器用にこなした。

「こういうことは千佐お嬢さんの方が向いてるかと思てましたけど、信乃お嬢さんはさすが、旦那の血を受け継いではる。いつ代替わりしても安心ですわ。これであとは若旦那がもう少し店のことを手伝ってくれはったら……」

番頭の五兵衛はそんなことを言い、宗兵衛を苦笑させた。

確かに、今の忙しい若狭屋にあって、商いから離れているのは甲次郎だけだった。

店の者がそのことを気にしているのは、甲次郎自身にも判っていた。

これまでの若狭屋は、みなほどほどにのんびりとしていた。千佐も信乃も習い事などに出かけていたし、たまには内儀の伊与も連れだって浄瑠璃《じょうるり》芝居なども見に行っていた。甲次郎がふらふらしていてもさほど目立たなかったのだ。

今は違う。

若狭屋には活気がみなぎっている。

若狭屋の跡を継ぐとすれば、そろそろ商いのことを覚えねばならないのだし、ならば今、この機会にと番頭たちが考えるのは当然だと甲次郎も思う。

しかし、なおも甲次郎には、信乃とともに店の表に出て行くことに躊躇《とまどい》があった。

それはつまり、このまま信乃と夫婦になって若狭屋を継ぐ、ということになる。

信乃は本当にそれでいいと思っているのか知りたいと甲次郎は思った。

だが、信乃は甲次郎と話をする暇もないほど、店の手伝いに勤《いそ》しんでいた。行きたがっていた彼岸会がとうに終わってしまったことも、まるで気にしていない様子でくるくると楽しげに働いている。

話があるのだと呼び止めるのも、甲次郎にはためらわれた。

とりあえず、今度秀哲のところに行くことがあれば自分に声をかけるようにとだけは、信乃に言っておいた。

「一人では行くなよ。おれもついていく」

菊江に言われたことが気になっていたからだった。

「判りましたけど」

どうしてそんなことを言うのかと怪訝《けげん》そうにしながらも、信乃は素直にうなずいた。

信乃は、菊江のことは、あれ以来何も口にしなかった。

そのことには、甲次郎は安堵《あんど》していた。

信乃を余計なことには巻き込みたくない。

甲次郎は、菊江に針を刺されそうになった後、結局、祥吾の屋敷には行かずに若狭屋に帰った。

他言すれば自分の命が危ない、という脅しならばまだしも、祥吾を狙うと言われては、強引なことはできなかったのだ。

むろん、このまま放っておいていいわけではないと判ってはいた。

祥吾は今も、同心殺しの下手人について手がかりを探して走り回っているはずだ。

それを知っていながら自分が秘密を隠したままでいるのは、甲次郎の性には合わなかった。

しかし、ならばどうすべきかと考えると迷いが生まれる。

そうこうするうちに日が過ぎた。

さらに二日が過ぎた午後のことだった。

丹羽祥吾の手先である伊蔵が、若狭屋に姿を見せた。

「丹羽の旦那が、その後若狭屋の方々にお変わりがないか、気にしてはりましてな」

伊蔵は若狭屋の者には信頼されている。

伊蔵が来たと聞きつけ、甲次郎が店先に顔を出すと、伊蔵は茶をもてなされながら、店の様子などを聞いていた。

「伊蔵、来てくれたのか」

「これは若旦那。どうも」

「祥吾の方はどうなんだ。変わりねえのか。こっちも話がしてえと思っていたところだ」

「お変わりはないけどもな……」

伊蔵は甲次郎を見ると、何か言いたげに言葉を濁した。

よかったら離れに寄っていかないかと甲次郎は言った。

店先は人が多く、込み入った話はできない。伊蔵には何か話したいことがあるようだと、甲次郎は感じたのだ。

縁側に腰をかけた伊蔵は、女中があらためて運んできた茶を一口すすり、

「若旦那はお変わりなさそうやな」

甲次郎をじろりと見て言った。

手先を務める者は、商人相手には居丈高な態度に出ることが多いが、伊蔵は甲

次郎に最低限の礼儀は尽くす。

主人である祥吾の親友だということで特別に考えているようだった。

「祥吾は忙しいのか。この間の北久宝寺町の追いはぎ殺しは、その後、何か判ったのか」

「あまり進んでませんわ。人見様も手を尽くしてはおられるようやけども」

伊蔵は肩をすくめた。

「……あの御方は、まあ、あまり探索がお得意とは言い難い御方や。掏摸《すり》も置き引きもまともに捕まえられたためしがあらへん。熱意もあらへんしな。手先の小平は、まあ鼻のきく男やけども、なかなかあの旦那の下にいてはな……」

身も蓋もない物言いに甲次郎は苦笑した。

確かに、あの同心は伊蔵にけなされても仕方がないような働きぶりだった。

伊蔵は祥吾以上に切れ者と呼ばれていた祥吾の父親についていた時期が長かった。探索には人一倍、厳しい目を持っているのだ。

「あんな頼りにならん旦那についたら手先も働きがいがない。小平も可哀相なもんですわ。……まあ、儂《わし》にはどないでもええけども」

伊蔵は一口、茶をすすった。

「それにうちの旦那が本気で調べてるのは、そっちとは違う事件や。若旦那も少しは聞いてはると思うけども」

「例の同心殺しか」

「そうや。そっちが、どないもならん」

伊蔵は珍しく、ため息をついた。

どうもいつもの伊蔵とは様子が違うなと甲次郎は感じた。

いつもの伊蔵は、いくら祥吾の親友だからといって、甲次郎に愚痴を言うことなどなかった。

甲次郎のような落ち着かぬ男が主人の親友では邪魔になるとばかりに、甲次郎に冷ややかな目を向けていたこともあった男だ。

「祥吾は探索に行き詰まっているのか」

それで手先が愚痴をこぼしたくなったのだろうか、と甲次郎は思った。

だが、伊蔵は首を振った。

「行き詰まっているならまだええ。旦那、少しばかり熱心になりすぎちゃうかと思てな。気になってしょうない」

「どういうことだ」

「若旦那は知ってるやろけど、今回の事件は、御奉行から探索を禁じられてる。もちろん御奉行がそういう態度に出るのは、上に大坂城代様がおるからや」

「祥吾はそれを覚悟で探索を始めたんだろう」

今更なにを、と甲次郎は思った。

伊蔵が尻込みしているのは意外な気がした。

同僚の死を放ってはおけないと言った祥吾の気持ちは甲次郎にはよく判ったし、自分に判るのであれば、祥吾と一緒に長年捕り物をしてきた伊蔵にも判るはずだ。

「若旦那。そうは言っても、御奉行や城代様にたてついて探索を続けるのがどれだけ危ないことか判るか」

「探索しているのが上役にばれそうで困っているのか」

「ばれたかどうか、儂は知らん。けども……」

伊蔵は言葉を濁してから、

「誰かが旦那を狙《ねろ》てる気がする」

「なに。狙われているって誰にだ」

「それが判れば苦労はせえへん。けど、確かに誰かが旦那のまわりをうろついとる。旦那を妨害しようとしとる。旦那もそれに気づいてるはずや」

「なんだと」

「昨日も、お屋敷の近くで怪しい人影を見た。旦那が声をかけたら逃げよったけども、あれは明らかに、旦那をつけとったんや」

「奉行か城代の息のかかった人間が、探索をやめさせようとしているってことか」

「かもしれんし、違うかもしれん」

「判らねえのかよ」

「判ってたら困らんて言うたやろ」

伊蔵は甲次郎を睨んだ。

確かにそうだ、と甲次郎は苦笑した。

だが、伊蔵の言うことが真実であれば、笑っている場合ではなかった。

伊蔵はため息をついた。

「儂は、いざとなったときに旦那を助けられるほどの腕はあらへん。そやさかい、心配でならんのや」

伊蔵は腕利きの手先ではあるが、それはどちらかといえば探索の面での話だ。

むろん手先を務めるくらいだから、腕っ節にまったく自信がないわけではないだろうが、それでも伊蔵はもういい歳だ。腰を悪くしてしばらく医者の世話になっていたこともあった。

「町廻り方は命がけのお役目や。それは儂もいやというほど判っとる。そやけど、旦那が危ない目に遭うのは見とうない。旦那に何かあったら、先代に申し訳がたたん」

忠義者の伊蔵らしい言葉だった。

それはそうだ、と甲次郎はうなずいた。

「奉行所のなかには同僚殺しを追い掛けている奴は他にいないのか。あの人見って同心には力を借りられねえのか」

探索は下手でも同心は同心だ。祥吾の護衛くらい務まるのではないかと思ったのだが、

「あの方は……な」

伊蔵は首を振った。

「上役の方には逆らえへん御方や。それどころか、上役にいい顔を見せるために、旦那のことをあることないこと告げ口するかもしれん」

伊蔵の口からため息がもれた。

「若旦那」

伊蔵が改まった口調で甲次郎に向き直った。

「旦那に会《お》うてもらえんか。今の旦那は頭に血がのぼってしもて、まわりの言うことが耳に入らん。そやけど、若旦那の言うことやったら、もしかして」

「おれの言うことでも祥吾は聞かねえと思うがな」

日頃は冷静な祥吾だが、自分が正しいと思ったことに対しては絶対に譲らない。

危険だから探索を止めろなどと言って聞くはずがない。

だが、聞くはずがないからといって、そのままにもしておけなかった。

なんなら、用心棒代わりについていてやってもいい。

しかし祥吾は怒るだろうな、と甲次郎は思った。

祥吾一人では危ないからおれが用心棒になってやる、などと言った日には、ふざけるなと怒鳴られそうだった。

道場にいたころ、祥吾は甲次郎に負けるのを何より嫌った。負けず嫌いなのだ。甲次郎も多少はそうだが、祥吾ほどではなかった。

それに甲次郎には、気になっていることがあった。

「おい。その怪しい人影ってのは、どんな奴《やつ》なんだ。女じゃなかったか」

「いや、男やけど」

では菊江ではない。それだけを確認し、甲次郎は安堵した。自分のせいで祥吾があの得体の知れない女につけまわされているのであれば、放っておけない。

「女やったら思い当たる奴がおるんか」

「いや……」

甲次郎は首を振ったが、伊蔵は甲次郎がわざわざ女ではないかと訊《たず》ねたことを訝《いぶか》ったようで、探るように甲次郎を見た。

「とにかく、時間が空いたら若狭屋に来いと祥吾に伝えてくれ」

甲次郎は伊蔵の視線を誤魔化すように目をそらして言った。

「……いや、おれの方からも、屋敷に会いに行くようにする」

菊江の脅しは耳に残っていたが、祥吾がすでに何者かに狙われているとなれば話は別だと甲次郎は思った。

「この間は、助けてもらったのにろくに礼も言わねえで帰っちまったからな」

そのことが、ずっと気になっていたのだ。

「判った。旦那に話しとく」

帰り際、伊蔵はもう一度、甲次郎に頭を下げて言った。

「旦那のこと、よろしゅう頼みます」

二

翌日、もしかしたら祥吾が来るのではないかと昼過ぎまで甲次郎は待った。

七つ刻（午後四時）を過ぎ、陽《ひ》が傾き始めると、やはり自分から出かけたほうがいいだろうと判断した。

甲次郎は勝手口から店を出た。

このところ晴天続きで、往来は砂埃がひどい。

「若旦那。どこへお出掛けですか」

ちょうど通りかかった番頭の五兵衛が、甲次郎に声をかけてきた。

店に帰ってきたところらしく、出入りの仕立て職人が荷物を抱えて五兵衛の後ろに立っている。

「ああ、ちょっとな」

祥吾のところに行くとは言わず、甲次郎は曖昧《あいまい》に誤魔化して歩き出そうとした。

「あら、お出掛けですか。残念なこと、若旦那さん」

その背中にふいに声がかけられた。

甲次郎は足を止め振り返り、眉《まゆ》をひそめた。

「怖《こわ》いお顔。そんなに睨まなくてよろしいのに」

立っていたのは菊江だった。

菊江が若狭屋にやってきたのは、公用人岩田惣右衛門とともに現れて以来のことだった。

甲次郎は菊江を睨みつけた。祥吾の屋敷に出向こうとするたびに、狙ったように現れる女だと思った。

「これは……御城代様御屋敷の菊江様」

五兵衛が驚いて声をうわずらせた。

「わざわざのお運び……恐れ入ります。あの、お一人で？」

「ええ、近くを通りましたから、少し立ち寄らせてもらおうかと」

菊江は優雅に微笑した。

供の一人も連れず、城代の奥女中にしては気軽すぎる訪問であったが、五兵衛はそんなことにかまってはいられない様子で、腰を曲げてお辞儀をした。

それから店先で水まきをしていた丁稚《でっち》を慌《あわ》てて呼びつけ、

「すぐに旦那様をお呼びしろ。……申し訳ございません、菊江様。ただいま宗兵衛は仕入れのために出かけておりまして、すぐに呼び戻しますよって……」

「いいえ、お気遣いは結構です。今日は御用で来たわけではありませんから」

「しかし、それでは……」

「本当におかまいなく」

「はあ……」

おかまいなくと言いながら、菊江は先に立って若狭屋に入っていく。

甲次郎は仕方なく後を追って店に戻った。こうなっては出かけるわけにもいかない。

店先にいた手代たちも、菊江の姿を見ると五兵衛同様に慌てた。

どうぞ奥へと腰を折る帳場の者たちに、菊江は手を振って言った。

「堅苦しいのは困ります。本当に、何も御用はないんですよ、今日は」

「そうは言われましても」

「あら、お嬢さん」

菊江はそこで、ちょうど帳場の向こうから顔を出した信乃に目を留め、声をかけた。

「お嬢さんもお店のお手伝いですか」

「え、いえ……」

いきなり声をかけられた信乃は、とまどいをあらわに浮かべながら、菊江の元
にやってきた。

「ようこそ、お越しやす。どうぞ奥におあがりください」

「いえ、今日はここでかまいません。特に御用があるわけでもないし」

さきほどと同じことを菊江は言った。

「ただ、お嬢さんと少しお話ししてみたかっただけで」

「え……」

「実は、城代屋敷の奥向きに大坂の娘さんも来てもらおうかと思っておりまし
て。けれど、大坂の若い娘さんのことはあまり判りません。ですから一度大坂の
お嬢さんとお話ししてみたいと思って」

「はあ」

「少しお話し相手になってくださいな。ああ、お店の方はどうぞおかまいなく。

お嬢さんとだけお話ししますから」

菊江は強引だった。

「へえ……」

五兵衛はなおもとまどっていたが、

「五兵衛さん、仰る通りにしておくれやす」

信乃が言った。

「菊江様にお茶を。あとはうちがお伺いしますさかい」

「へえ……」

「それにしても暖かくなりましたねえ、お嬢さん」

菊江はまわりにかまわず、呑気《のんき》に世間話など始めた。

「桜もそろそろ咲き始めるころで……大坂ではやっぱりお花見は天保山《てんぽうざん》ですか。

江戸では飛鳥山《あすかやま》、小浜にいたときには八幡神社に立派な桜があって、必ず見に行ったものですけれど」

「ええ、ここらの者は天保山に行きます。菊江様もぜひ……」

信乃は当たり障りのない受け答えをした。

五兵衛が茶を運んでからも、二人は店先で、まるで得意客が買い物に訪れたときのように、話を続けた。

甲次郎は、帳場の近くに腰をおろし、黙って二人の会話を聞いていた。

信乃は度胸が据わったところがあると甲次郎は驚いていた。

信乃は菊江があのときの追いはぎの仲間だと気づいている。

それでも、狼狽《ろうばい》を隠し、身分高い相手に失礼のないように懸命に話をしているのだ。

菊江は、大坂で有名な食べ物屋を教えてほしいだの、大坂の娘はどんな芝居を好むのかだの、つまらない話を次々に持ち出した。

たっぷり半刻は話し込んだ後、菊江がさりげなく言った。

「ところで、信乃さんはお体が弱かったそうですねえ。この間、こちらの御主人がそんな話をしておられたんですよ」

「へえ、そうです、けど……」

「でも今はもうすっかりお元気になって、一人でお出掛けもできるとか。それもすべて、腕のいいお医者様のおかげだと聞きました」

「へえ」

「蘭方医の堀井秀哲先生だそうですねえ、信乃さんのお医者さん。今も秀哲先生のところにはよくお出掛けなんでしょうねえ」

秀哲の名前を聞いて、さすがに信乃の表情が揺れた。

菊江の仲間と思われる追いはぎが襲ったのは、ほかでもないその秀哲だから
だ。

「お体がよくなってからもしばしば先生のお宅にお出掛けだとか。仲がおよろし
いんですか、信乃さんと先生とは」

「そういうわけでは……」

「秀哲先生といえば有名なお医者様。私も一度、お話ししてみたいと思っていた
んですよ。信乃さん、紹介していただけませんか。これからすぐにでも」

「……え」

信乃が、とうとう我慢できなくなったのか、助けを求めるように甲次郎を見
た。

それより早く、甲次郎は迷うことなく二人に歩み寄っていた。

「お話し中、申し訳ねえんだが」

「あら若旦那さん」

甲次郎が隣に座ると、菊江はあでやかに微笑して言った。

「これからお嬢さんを少しお借りしようかと思っていたところなんですけど」

「それはどうも。しかし、信乃は体が弱いのでね。日暮れ近くなってからの外出は、申し訳ないが、ご遠慮させていただきてえんだが」

「あら。体が弱かったのは昔の話で、蘭方医の堀井秀哲先生のおかげで今はすっかりよくなったと伺いましたよ。だから、その秀哲先生を紹介していただきたいと思ったんですけれどねえ」

「秀哲先生ならあんたよく知ってんじゃねえのか」

甲次郎は押し殺した声で言った。

三人を遠巻きに見ている店の者には聞こえなかったはずだが、信乃には当然聞こえている。

え、と小さな声が信乃の喉から漏《も》れた。

「秀哲には近づくなってこないだ言ったのはあんたの方だぞ」

「あら、そうでしたか」

菊江は口の端を曲げて笑った。

品のある武家の女中には見えない笑いだった。

信乃が隣でますます怪訝そうな顔をした。

「ま、別に無理にとは言いませんけど」

菊江は自分の袂をもてあそびながら言った。

「けれど、信乃さんは秀哲先生と特別懇意にしておられるようですし、若旦那さんも、秀哲先生を追いはぎから守ってあげたことがおありだし。……ただのお医者と患者というだけの間柄かどうか、もう一度確かめておきたかったんです」

ねえ若旦那さん、と菊江はくすくすと笑いをもらした。

「それだけです。そう怖い顔しないでくださいな」

菊江は袂で口元の笑みを隠しながら立ち上がった。

「なら、信乃さんとのお出掛けはまた今度でかまいません。若旦那さん、また来ます」

菊江は軽く甲次郎の袖を引くようにし、そのまま店を出て行った。

「おい」

甲次郎は声をあげて菊江を追い掛けた。

暖簾《のれん》をくぐって往来に出ると、菊江がくるりと振り向いた。

「若旦那さん。お話はまた、明日にでも」

そう言って菊江は甲次郎の手に何かを握らせた。

「何のつもりだ……」

言い返そうとしたとき、店の中から番頭が慌てたように飛び出してきた。

「菊江様。うちの者がお城まで供をいたしますので……」

「おかまいなく。私もお忍びで来てますから、大袈裟にされると困るんですよ」

「いやしかし」

城代の奥女中を日暮れの町に一人で帰すわけにはいかない。番頭が言い張って、自ら送っていくことになった。

「ならお願いします」

菊江はにっこりと微笑《ほほえ》んで、歩いていった。

「どういうつもりだ、あの女」

甲次郎はつぶやいた。

手の中には、菊江の残していった紙切れがあった。

甲次郎は店の者に見られぬように気をつけながら、そっとその紙切れをのぞいた。

そこには一軒の店の名前と、曾根崎新地《そねざきしんち》、明日暮れ六つ（午後六時頃）、と短く伝言が書かれていた。

三

菊江が帰ったあと、店に戻った甲次郎に信乃が近づいてきた。

「兄さん、さっきのひとに、あの後どこかで会《お》うたんですか？」

信乃は辺りを気遣いながら、小さな声で言った。

「たまたま往来ですれ違っただけだ」

甲次郎は言ったが、信乃は信じたようには見えなかった。

「うちには忘れろって言うたのに」

「別に会いたくて会ったわけじゃねえ」

菊江に呼び出されたことを、甲次郎はもちろん信乃には言わなかった。

幸い、店の者は誰も気づいていない。

甲次郎は、その晩、離れの縁側からぼんやりと庭を見て過ごした。

夜になっても風が強く吹いていた。

ぼんやりと月を眺めていると、どこからか桜の花びらが舞い、庭に落ちた。

いつのまにか早咲きの桜が咲き始めているらしい。

ふと、千佐はどうしているだろう、と甲次郎は思った。

もう長い間会っていない。

このややこしいときに千佐がいなくて良かったと思う気持ちもあった。若狭屋に千佐がいたら、甲次郎が何か隠し事をしていても、すぐに見破られそうな気がした。

それに千佐は甲次郎のことを心配するだろう。

千佐が若狭屋に戻っていなくて良かったのだ。

「このまま戻ってこねえ方がいいのかもしれねえな」

声に出してつぶやいてみると、それも空しい気がした。

甲次郎は障子を閉めた。

翌日、甲次郎は昼前に若狭屋を出た。

菊江から指定された刻限にはまだ余裕がある。

その前に、祥吾に会うつもりだった。

菊江のことは気になるが、とにかく一度祥吾と話をしてみるほかないと思ったのだ。

東町奉行所に出向いた甲次郎は、奉行所の門番に、祥吾は町廻りに出かけていると告げられた。

むろん予想していたことだった。町廻り同心が奉行所に詰めたままでいるはずがない。

「手が空いたら道場に来てくれるよう伝えてもらえませんかね。若狭屋の甲次郎からだと言えば判るはずなんで」

甲次郎は門番に伝え、自分は天満郷《てんまごう》の道場に足を向けた。

甲次郎と祥吾にとって、道場といえば、二人が出会った剣術の道場のことである。

大坂は商人の町だが、奉行所同心や城の鉄砲同心、弓同心など武士も暮らしている。

武術の道場も数は少ないが存在している。

甲次郎の師匠である了斎はそんななかでも異色の過去を持った道場主で、もとは商家の主だった男だ。

商売は向いていないからと親に与えられた店を他人に売り、その金で道場を開いたのだが、その際、店の看板だけは売らず、道場にそのまま移した。

ゆえに、道場は屋号のまま、御昆布屋《おこんぶや》と呼ばれ、了斎は御昆布屋の大将と近所の者に呼ばれている。

甲次郎が顔を見せると、ちょうど昼時だったようで、了斎は稽古着のまま、縁側で稲荷鮨をほおばっていた。

「珍しいやないか。お前さん一人か」

「ええまあ」

「飯時に来るところがお前さんらしいな。ちょうどええさかい、一緒に食べていき」

了斎は皿に盛られた稲荷鮨を甲次郎にも示した。

「おかみさんの差し入れですか」

了斎には女房はいないが、近くの居酒屋の女将と夫婦同然の暮らしをしている。小さな店を一人で切り盛りしている女将だが、料理の腕は絶品だった。

そういえば甲次郎が道場に通っていた頃にも、時々こうやって差し入れてもらっていた、と甲次郎は思い出した。

だが、了斎は顔をしかめて首を振った。

「残念やけど、違う。そやさかい、あまり旨《うま》ない。旨いもんやったらお前さんにはやらんわ」

「旨くない鮨などいりませんよ」

甲次郎は苦笑した。

「おかみさんは作ってくれなかったんですか」

「それが、実は三日ほど前から寝込んでしもてな」

「それは知りませんでした。お悪いんですか」

「たいしたことはあらへん。ただ体がだるいて言うてな。今日は店も閉めとる。まあ、あと何日かは休まなしょうないやろ。このところ忙しい日が多くて、疲れがたまってたみたいでな。あの店も、若い者《もん》でも雇ったらええんやろけど……」

それも面倒やて言いよるしな、と了斎は肩をすくめた。

「医者にも診せたんやけども、あれももうええ歳やし、なかなかすぐにはな」

そこで、了斎はふと思い出したように甲次郎を見た。

「そういえば、お前さんとこの嬢《いと》はんが、名医にかかってはるて話やったな。本町近くの医者か？」

「ええまあ。北久宝寺町の蘭方医です」

「蘭方か」

了斎は顔をしかめた。

「蘭方医はどうもな」

「お嫌いですか」

「嫌いちゅうか、あんまり信頼できんわな。なんでも異国異国で、海の向こうのことは全部えらいと思とるようで気にいらん」

「はあ、そうですか」

甲次郎はうなずきながら、先日の秀哲の家での会話を思い出した。あのときに甲次郎が感じた不快感に似たものを、了斎は抱いているらしい。

世間的にも、蘭方の医学に対しては、好き嫌いがはっきりと分かれた。

「そもそも蘭方医は疱瘡《とうそう》を治すのに牛の血を飲ますらしいやないか。気持ちの悪い」

「血を飲ますわけではないと思いますが」

甲次郎は苦笑した。

了斎が言っているのはおそらく、種痘のことだ。

大坂で蘭方医学がさかんになり始めたのはこの十年ほどのことで、きっかけとなったのは、足守《あしもり》藩出身の緒方洪庵《おがたこうあん》が長崎での修業を終え、瓦町《かわら》に蘭学塾適塾《てきじゆく》を開いたことである。

弘化《こうか》二年（一八四五）に過書町《かしよまち》に移った適塾は、その場所で種痘事業も始めた。牛痘を接種することで天然痘感染を防ぐという、最新の蘭方医学である。
しかし、これがさらに蘭方医学嫌いを増やすことにもなった。天然痘にかから
ぬ体にするために牛の天然痘を植え付けるというのだから、気味が悪いことこの
上ない。種痘をすると牛になるなどといった流言も流れた。
「とにかく儂は好かんのや。……まあ、あれで病《やまい》がようなることもあるんやか
ら、しょうないけどもな」
了斎は咳払いした。
若狭屋の信乃が蘭方医のおかげで元気になったことを思い出したようだ。
「蘭方でも漢方でも、それで病気が治るんやったら、それはそれでええんやろけ
どもな。ま、もう少し様子見てから考えるわ」
了斎は湯飲みの茶をごくりと飲み干した。
「ところで、甲次郎、最近、祥吾に会《お》うたか？」
「ええ、まあ」
そうか、とうなずいたあと、了斎は辺りを見回し、声を潜《ひそ》めた。
「またなんや物騒なことに首つっこんどるらしいけど……お前さんは知っとんの
か。東町奉行所の同心が殺されたとかで、前にここに来たとき、えらい沈んどっ

たけども」

「師匠のところに来たんですか」

祥吾は誰にでも役務のことを話す質《たち》ではない。

だが、了斎のことは信頼し、頼りにしているようだ。自分と同じだと甲次郎は思った。

「道場には時々、若い者の稽古を付けに来るんやけどな。そのときに、さすがに表情が暗かった。ああいうときの祥吾は、無茶をやりかねんし、心配でな。……なんややややこしい事情があるそうやないか。上役からは探索を止められたとかなんとか。お前も聞いたんやろけど」

「ええまあ一応は。実はそのことで、祥吾に話がありましてね。時間があればここに来るように伝言してあるんです。他ではなかなか話もしづらいので」

かまいませんかね、と訊ねると、了斎は難しい顔で、うなずいた。

「そらかまへんけどな。そやけど、なんや、甲次郎、お前もその話に関わっとんのか」

「好きで関わったわけではありませんよ。少々巻き込まれかけているだけです」

そう言っておかないと了斎は心配すると思い、甲次郎は首を振った。実際、それが事実に近い。甲次郎とて、同心殺しなどという厄介《やっかい》な事件とは、積極的に関わるつもりはなかったのだ。

「どっちでも同じや。役人でも殺すような奴を相手に、遊び半分で関わるもんと違うで」

「遊びではありませんがね」

さすがにむっとして、甲次郎は言い返した。

「それでも、祥吾を一人にしておくよりはいいでしょう。おれは役人じゃねえが、祥吾の用心棒くらいはつとまる。何かあったときに助太刀くらいはできます」

「助太刀が必要なことがあったんか」

「いや、まあそれは……」

問いつめられ、甲次郎は曖昧に誤魔化した。

伊蔵は祥吾が狙われているのでは、と言っただけで、襲われたとまでは言っていなかった。了斎に余計な心配をかけたくはなかったし、正直に言えば、無茶なことをするなと説教されそうだった。

「甲次郎」

ゆっくりと名前を呼んだ了斎の声音が重かった。

やはり説教か、と甲次郎は内心で舌打ちしたが、

「……助太刀が必要なことがあったら、自分だけで無茶せんと、ここに来い。祥吾にも、そう言うとけ」

「師匠」

意外な言葉に甲次郎は驚いて了斎を見直した。

「危ない橋は渡るな。そう言いたいけどもな。今度ばかりは無理やろ。同僚を殺されたていうのにまわりは上役の顔色を窺うばかりで何もせん。祥吾にそんな連中と同じに大人しゅうしてろて言うても無理な話や。あいつはそういう奴や」

「はあ」

「お前もそうやけども、頭に血がのぼってしもたら、言葉で説教してもどないもならん。そやさかい、言うとく。何かあったらここに来い。儂《わし》かて、これでお前らの師匠やさかいな。助太刀やったらお前より儂の方が役に立つ」

「師匠」

確かに、師匠が力になってくれれば、心強い。

だが、了斎がそんな風に言い出すのは甲次郎には意外だった。了斎は祥吾が捕

り物で無茶をするのを昔からあまり褒《ほ》めなかった。お役目に力を入れ過ぎても意味がない、捕り物で命を落としてはしょうがない、とまで言う質《たち》だった。

「儂は、確かに、捕り物に命かけてもしょうないと思ってる。お前も知っとるやろうけど」

「そやけどなあ」

了斎は甲次郎の内心を読んだように言った。

了斎は何かを思い出すように目を細めた。

「今度ばかりは、儂も祥吾を止められん。殺された同心には幼い娘がおったそうやないか。祥吾にしてみれば、父親を殺されたときのことが思い出されてならんのやろ。放っておけん気持ちは判る」

「殺された？」

甲次郎は思わず聞き返した。

「殺された、ってどういうことです。祥吾の親父さんは病気で亡くなったんじゃないんですか」

「なんや、お前、知らんかったんか」

了斎はしまったと口に手をあてた。

「知りませんよ。病気で死んだと思っていましたが」

「……表向きはな」

気まずそうに、了斎は湯飲みを口に運んだが、空だったようで舌打ちした。

「表向きってことは、何か事情があったわけですか」

「まあな。押し込み強盗の探索の途中やったらしいけどな。押し込み一味の用心棒に、腕利きの剣豪が雇われとってな。その用心棒が、押し込みのときに店の一人娘に顔を見られてしもた。娘はその顔がかつて店の得意客やった蔵役人の一人やと気づいた。祥吾の親父さんは、その証言をもとに蔵屋敷に男の身柄引き渡しを要求に行った。……で、それきり帰ってこんかったわけや」

「……蔵屋敷の連中に殺されたんですか」

「詳しいことは判らん。ただ、酷《ひど》い手傷を負った状態で町奉行所の近くに置き去りにされたらしい。町奉行所は、何があったか察してはおったけど、相手が相当な大藩やったせいで、公にできんかったそうや」

「それであいつは……」

同心殺しの話を屋敷で祥吾から聞いたときのことを、甲次郎は思い出した。

祥吾はやけに落ち着いて静かに話をしていた。いつもの祥吾ならばもっと頭に血を上らせているだろうにと甲次郎は違和感を感じたのだが、祥吾も多少は上役や世間を気にするようになったのだろうと思って納得していたのだ。

それは逆だったのだ。どうしても許せないことだったのだ。だから祥吾は、怒りが表に出せないほどに怒っていたのだ。

「師匠は、その話をいつお知りになったんです」

「儂はあいつのお袋さんに聞いた。親父さんが死んで一年くらい後やったか、祥吾が本当のことを知ってしまったときに、相談されてな。そのときに儂は祥吾をここに呼んで言うた。親父さんの無念をはらしたいと思うんやったら、お前が正しいことをする役人になれ、それしかない、てな。そやさかい、儂には今の祥吾は止められん」

「そうだったんですか」

あの野郎、と甲次郎はつぶやいた。

親友で幼なじみの間柄だというのに、それほど大きなことを祥吾が隠していたのは悔《くや》しかった。

師匠だけではない。

伊蔵が祥吾を案じて若狭屋に来たのも、伊蔵はすべてを知っていたからなのだろう。伊蔵にとって祥吾の父親は祥吾以上に近しい存在だったはずだ。その先代の主の死が原因で、今の主は危険を顧《かえり》みずに突っ走ろうとしている。

伊蔵は気が気でなかったはずだ。

「祥吾の親父さんが、祥吾が無茶をすることを望むとは思われへんけど、今の祥吾にそれを言うても無駄やろし」

了斎は困ったように首を振った。

「まあ、それはそれとして。お前さんは祥吾が来るまで道場で稽古の手伝いでもし」

「判りました」

甲次郎は了斎に誘われるまま、道場に足を向けた。

四

日が傾きはじめても、祥吾は道場には姿を見せなかった。

一刻《いっとき》ばかり道場で汗を流した甲次郎は、井戸端で顔を洗い、手ぬぐいで体の汗を拭ってから、了斎にいったん出かけると告げた。

「また戻ってきますから、祥吾が来たら伝えておいてください」

「そうか。儂は今日は早めに店の方に行こうと思てたけど……まあ、できるだけ待ってるようにするわ」

了斎は、夜は三日に二日は馴染《なじ》みの女将の店で寝泊まりしている。そんなときに留守の道場を預かっているのは、了斎が商人だった時分から使っていた下男の新六《しんろく》である。

「もしも儂がおらん間に祥吾が来たら、お前さんが待ってたこと、伝えておくように新六に言うとくさかい」

「頼みます」

甲次郎は道場を後にした。

菊江が甲次郎を呼び出したのは、曾根崎新地の美吉《みよし》という船宿だった。

天満郷の南を流れる淀川は、難波橋の近くで中之島をはさんで堂島川と土佐堀川に分かれる。中之島の北側を流れる堂島川から、さらに北に流れ込む細い川が蜆川《しじみがわ》で、曾根崎新地はその蜆川の両岸に作られた盛り場である。

堂島の米会所に近いこともあって、米問屋など豪商が出入りする豪勢な茶屋も多い。

甲次郎が新地に着くころには、すでに日は暮れ、町がいちばん賑わい始める頃合いになっていた。蜆川の川面にはぼちぼちと屋形船が出始めている。彼岸を過ぎて町はすっかり春の陽気で、日が暮れてからの舟遊びもそろそろ始まる季節である。

もっとも、界隈《かいわい》がいちばん賑わうのは、曾根崎村が菜の花の盛りになる頃で、それにはまだ少し時期が早かった。大坂では桜の花見が一段落したあと、ひとびとは菜の花の花見に興じるのである。

甲次郎は通りを歩きながら美吉という看板を探したが、見あたらない。

「おい、美吉って店知らねえか」

仕方なく、往来で摺り物を売っている男を捕まえ、場所を聞いた。

美吉は蜆川沿いではなく、蜆川からさらに北に延びた細い川に面した船宿だった。

たどりついてみると、蜆川の賑わいからは離れ、ややひっそりとした界隈だった。

甲次郎は暖簾をくぐり、菊江の名を告げた。

まだ来ていないが中で待ってくれと言われ、甲次郎は座敷にあがった。通されたのは二階で、窓からは川面が見渡せる。

隣の部屋にはすでに二人連れが上がっているようで、薄い壁越しに妙な気配が伝わってくる。

甲次郎は苦笑した。

呼ばれるままに船宿に来てはみたものの、普通の男女が船宿に来るような状況にはならないはずだ。

だが、もしもなったらどうするのだと考えて、自分でおかしくなったのだ。

わざわざこういう場所に呼び出す女のしたたかさに飲まれぬようにしなければ、と甲次郎は思った。

約束の刻限が過ぎても菊江は現れなかった。

辺りはすっかり暗くなり、向こうに見える蜆川の川面にも提灯の明かりが華やかに揺らめいている。

階段をあがる音が続く船宿で、いつまでも一人で待たされているのは気持ちの良いものではなかった。

甲次郎は酒を一本運ばせて少しずつ飲んでいたが、それも空になった。

もしかして騙《だま》されたのか、と不安が浮かんできた。

自分に何か話があって呼び出したのだろうと思っていたが、そうでない可能性も考えられる。たとえば、その時間に若狭屋に甲次郎がいてはまずいことでもあったのだとしたら、どうだろう。

自分をここにつなぎ止めておくために呼び出したのかもしれない。

そう思いついた瞬間、甲次郎は立ち上がった。

若狭屋に帰ろうと思ったのだ。

相手は得体の知れない女だ。どんな汚い真似をしてくるか判らない。

部屋を出る間際、甲次郎は何気なく川面を見やった。

菊江が船で来るかもしれない、と思ったためだった。

川面には、船が一艘だけ浮かんでいた。

屋形船で、中が見えない。

船頭だけが外に出て、ゆっくりと船を動かしている。

菊江の姿は見えない。

甲次郎はそのまま部屋を出ようとした。

何か気配を感じたと思ったのは、偶然だったのか、あるいは本当に声が聞こえたのか、自分でも判らなかった。

何やら光るものを見たような気がして、甲次郎はもう一度、窓の外を見た。

船は変わらずゆっくりと川面を流れている。
だが、その船の上に、月明かりを不自然に撥《は》ね返すものを、甲次郎は見つけた。
屋形船のなかから、外に転がり出てきた女がいた。
その女を追い掛けて男が現れた。
その手に刃があった。
刀だった。
脇差しを抜いた侍が、女に斬りかかろうとした。
女は川に飛び込もうとしたが、腕を捕まれた。
舟遊びの最中に揉《も》めたのだろうが、それにしては剣呑《けんのん》な様子だった。
船頭が気づいた様子が見え、割って入るだろうと甲次郎は思った。
だが船頭は二人にはかまわず、船を動かし始めた。
人目の多い場所から船を動かそうとしているように見えた。
「おい……」
甲次郎は思わず大声をあげた。
船の上の男女が気づき、こちらを見た。

甲次郎は息をのんだ。

女は菊江だった。

「お前……」

甲次郎の声に菊江が気をとられた瞬間、男が刀を振り上げた。

菊江の手が、男の刀を手に持った何かではじき返した。

そのまま、押さえつける男の手を逃れ、今度こそ菊江は川に飛び込んだが、男の手が菊江の着物の袖を摑《つか》んだ。

このままでは菊江は殺される。

表に回って川に駆けつけても間に合いそうになかった。

「何してやがる！」

大声で叫びながら、甲次郎は二階の窓から屋根に飛び出した。

裸足《はだし》のままで、屋根に手をついて甲次郎は地面に飛び降りた。

菊江を船に引き戻そうとしていた男が、たじろいだ様子が見えた。

何や、何かあったんか、と隣の窓から客が顔を出すのが判った。

男は自分の顔を袖で隠しながら菊江の着物から手を放した。

同時に、船頭はさらに船の速度をあげ、船は一気に遠ざかっていく。

菊江が川面に顔をあげ、岸に向かって泳いでくるのが見えた。

「女や」

「船から落ちたんか」

二階の窓にはさらに野次馬が増えたようで、騒がしい。

甲次郎は岸に泳ぎ着いた菊江に手を貸して抱え上げてやった。

「……若旦那さん、呆《あき》れるくらい律儀ですねえ。約束の刻限にお見えとは」

菊江は礼よりも先に憎まれ口をたたいたが、舌打ちする甲次郎の腕にすがったまま、なかなか立ち上がろうとしない。

どうかしたのかとずぶぬれの女を見下ろした甲次郎は、そこで息をのんだ。

菊江の脇腹には太い針のようなものが刺さっていた。

「おい、これは……」

「若旦那さん、騒ぐのはやめて。あんまり人目につくわけにいかないんですよ」

菊江は押し殺した声で言い、脇腹の針を抜き取った。

さすがに痛みがあるようで、苦しそうな顔をしている。

「そうは言っても、これだけ騒げばどうしようもねえだろう」

「だから、なんとかして」

低く言って、菊江は手にした針を甲次郎ののど元に突きつけた。顔は苦痛に歪《ゆが》んだままで、手も震えている。腕をひねりあげることも簡単だと思ったが、傷を負った女相手にそれもできなかった。

「此処の宿はあんたの馴染みなのか？　話がつけられるなら宿に連れていってやる……」

「他のところにして。ここは奴らにばれてしまった」

「そうは言ってもな」

菊江は傷を負っている。そのうえ、今の騒ぎを見ていた者は多いはずだ。こっそりと逃げ隠れするにはあまりにも都合が悪い。

「しょうがねえな。なんとかしてやるから、まずその物騒なものをこっちに渡しな」

「……判りましたよ」

菊江が素直に従うのを待って、甲次郎は菊江を両腕に抱き上げた。

目を向けた先に、隣の宿に客が乗り付けたまま、空でつながれている舟が見えた。

甲次郎は舟を勝手に拝借し、暗がりのなか、川に逃げた。

先ほどの男たちも船で下っていったから、どこかでこちらの様子を見ているのではと気にはなったが、通りに出れば余計に人目に立つ。他に思いつかなかった。

蜆川に出ると、船は何艘も行き交っており、提灯を付けずに静かに川を下る舟を気に留める者はいなかった。

そのまま川をしばらく下り、そろそろ賑わいも遠ざかり始めた辺りで甲次郎は舟を止めた。

「へえ、ここが若旦那さんの行きつけの店」

菊江を連れて入った店は、新地のはずれにある場末の船宿だった。

菊江は部屋にあがると、ようやく甲次郎の腕から離れ、脇腹をおさえ部屋のまんなかでうずくまりながら言った。

「行きつけじゃねえよ」

甲次郎は肩をすくめた。

行きつけではないが、店に来たことはあった。

昔、まだ子供だった時分、道場の仲間と一緒に祥吾の父親の探索を手伝うのだなどと言って、悪戯《いたずら》半分で新地に潜り込み、往来をうろついていたやくざ者にちょっかいを出したことがあった。

そのときに、走り回ったあげくに逃げ込んだのがこの宿だった。

逃げ込んだはいいが、そこからどうすることもできなくて狼狽していたとき、祥吾の父親が迎えに来てくれた。

宿の主人が呼んでくれたのだった。

やくざ者の脅しに屈することなく子供たちを守ってくれた主人だった。

とはいえ、あれから十年以上が過ぎている。

店先にいたのは、甲次郎の知らない男だった。

代替わりしたのか、別の者が店を買ったのか、判らない。

だが、ずぶぬれで傷を負った女を連れた甲次郎を、男は断らずに中に入れてくれた。相場の三倍の値はふっかけられたが、それは仕方がない。

甲次郎は別に金を払い、女物の古着を用意してくれるよう頼んだ。

菊江の着物は濡れていたし、血もにじんでいた。

女中が古着を持ってくると、甲次郎は菊江の傷の手当ても女中に頼み、部屋を出た。

帳場の男にうさんくさげな目を向けられながら、甲次郎は往来に出てみた。

気になっているのは菊江を襲った男たちのことだった。あの二人組も船で下流に向かった。この近くで出くわしてはまずい。

とりあえず、この宿を見張っている者がいないかどうか、確かめた。

それらしい人影は、見える範囲にはいなかった。

（それにしても）

妙なことになったな、と甲次郎は懐に手を突っ込んだ。

そこには菊江から取り上げたあの針がある。菊江の腹に刺さっていたものだ。

宿の提灯の明かりで確かめてみると、磨き込まれた針だった。針といっても畳職人が使うようなものではなく、両端がとがり、ただ人を刺すためのものに見えた。

針で刺されて死んだ者は今までに二人いる。

東町奉行所同心朝岡道之助と、蘭方医堀井秀哲を襲おうとした追いはぎだ。その追いはぎは菊江の仲間だった。

甲次郎が助けなければ、菊江は危うく三人目の犠牲者になるところだったわけだ。

助けてやる義理もない相手ではあったが、目の前で殺されかけているのを見捨てることもできなかった。

しょうがねえな、とため息をつき、甲次郎は宿に戻ろうとし、もう一度、辺りを見回してみた。

まわりの宿では、特にこちらに目を向けている者もいない。

通りの向かいに並ぶ茶屋の二階にも、特に人影はない。

甲次郎が部屋に戻ると、菊江はすでに着替えを終え、勝手に酒まで注文して飲み始めていた。

「えらく元気そうじゃねえか」

「ああ若旦那さん。悪いけど、お先にいただいてます」

菊江は悪びれず笑った。

「若旦那さんも一緒にどうぞ」

「悪いが遠慮しとく。お前さんと飲む気分にはなれねえな」

甲次郎は菊江の前に腰をおろし、菊江の杯をとりあげ、床に置いた。

「念のために聞いておくが、さっきの連中がやってくることが判っててておれを呼び出したのか」

「まさか。そんなはずないでしょ」

誰が好きこのんで刺されますか、と菊江は肩をすくめた。

「私は若旦那さんとゆっくりお話ししようと思っていただけですよ」

「そうか」

甲次郎は菊江と向かい合ったまま、畳にあの針を突き刺した。

「これを使った奴ら、何者なんだ」

「……さあ」

「さあじゃねえだろう。お前は殺されかけたし、お前が組んでいた男も同じ針でやられた。それだけじゃねえ。東町奉行所の同心もひとり、同じ手口で殺された」

「………」

「おれは別にお前さんの正体が何だってかまわねえがな。東町奉行所の同心殺しは気になっているんでね。お前さんが何か関わっているなら、放ってはおけねえんだよ」

「それは若旦那さんのお友達が、その同心殺しについて嗅《か》ぎまわっているからってことなんでしょうねえ」

菊江は鼻で笑った。

「もうお判りでしょうけれど、私はその連中とは敵同士。相手のことは、よく知らないんですよ」

「そうか。それなら、お前さん自身のことを話してもらおうか。お前さん、ただの奥女中じゃねえよな。いったい何者なんだ」

「何者と言われてもねえ。まあどうしてもと言われれば、若旦那さんにならかまいませんけどね」

菊江はそう言って、口元に笑みを浮かべて甲次郎を見上げると、ぐいと顔を近づけてきた。

「助けてくれた御礼、あげてもいいんですよ」

「……悪いが、おれには怪我人を相手にする趣味はねえ」

「お優しいこと。けど面白くない男だねえ」

菊江は喉の奥で笑った。

「それとも、許婚《いいなずけ》一筋ですか。それもそれで馬鹿馬鹿しいけれど」

「うるせえな。何も喋るつもりがねえなら、おれは帰るぞ」

甲次郎は菊江の手を振り払った。

菊江から話を聞き出すのが手っ取り早いとは判っていたが、これ以上船宿に二人きりでいるのも面倒だった。

手を出す気はさらさらないが、それでも流されて妙なことにならないとも限らない。

甲次郎は畳から針を抜き取ろうとした。

その手を菊江が再び摑んだ。

「……帰るならそれは置いていっていただきましょうか」

「そうはいかねえ。こいつは大事な証拠だ。これが同心殺しの針と同じものだとしたら、そっちの下手人を捜す大きな手がかりになる」

「だから困るって言っているんですよ」

菊江の手に力がこもった。

甲次郎の手首を摑んだ手は、女の力だというのになかなか振りほどけない。

甲次郎は菊江を睨みつけた。

「……あんた、大坂城代の隠密かなんかなのか」

「隠密？」

「町奉行所にだって隠密まわりの連中がいるくらいだ。大坂城代ともなれば、その手の輩《やから》を使っていたっておかしくねえ。隠密なら、妙な奴らに狙われていたってのも判る。大坂城代には敵も多いだろうからな」

「さあ、どうでしょう。そんなたいそうな女に見えますか」

「ただ者には見えねえ」

「おかしなこと言うおひとだねえ。隠密っていうのは隠れて生きていくのが務め。ただの女に見えなかったら困るでしょうに」

「だとしたらお前さんは、あんまり腕の立つ隠密じゃねえわけだ」

「まあ、もともとそういう生まれでもなかったし」

菊江の手が甲次郎の手の上から離れた。

「……けど、こうなってしまったら、もうしょうがないけど。今さら表の世界に戻れるわけでもないし。いっそのこと、世の中がひっくりかえりでもしたら、自由になれるのかもしれませんねえ」

けど若旦那さん、と、一瞬遠い目をした菊江は、すぐに甲次郎に視線を戻して言った。

「本当に私が隠密だったとして、若旦那さんはどうするおつもりです」

「さあどうだろうな。とりあえず、二度と若狭屋には来ないでもらいたいね」

「それは隠密にうろうろされると困る秘密が若旦那さんにある、と思っていいんですか」

「なに！」

「若旦那さん」

菊江は薄く笑みを浮かべた。

「さっきから私の正体を知りたがっているけれど、正体を教えて欲しいのは私の方なんですよ。若旦那さん、いったい何者なんです？　うちの公用人様が若旦那さんのことをひどく気にしているのはどうしてなんでしょうね？　昔の知り合いに似ているって話だけれど、その知り合いというのがいったい誰なのかも判らない。公用人様の御身内ではないらしいし、聞いても教えてはもらえないし。私もずっと気になっているんですよ」

甲次郎は言葉に詰まった。

「……まあ、お互い様ですからね、無理にここで聞き出す気はありませんけど。でも、若旦那さん、もう少し考えたほうがいいですよ。若旦那さんのことを気にかけているのは私だけとは違います。今ご自分で仰ったみたいに、大坂城代ともなれば、隠密の一人や二人抱えています。そういう連中にかかったら、呉服屋の一つや二つ、簡単につぶせますよ」

これは私の忠告、と菊江は言った。

「若旦那さんには助けてもらったことですし、借りばかりでも困りますから」

「それは義理堅いことだな」

「で、それは返していただきますよ」

菊江はしつこく、甲次郎の手にした針を指さした。

甲次郎は諦めて、針を菊江に渡した。

「こいつを渡す代わりに、もう一つ教えてもらおうか。堀井秀哲、あれはいったい何者なんだ」

「秀哲先生？　蘭方のお医者さんでしょう。それは若狭屋さんがよくご存知のはずですけど」

菊江はそらとぼけて言った。

「確かに腕のいい蘭方医だ。ありがてえ先生だと思っていたよ、つい十日前まではな。……だが、その秀哲に近づくなと言ったのはお前さんだぜ」

「ああ、そういえばそうだった」

菊江は針を素早く懐にしまいながら言った。

「理由を訊きたい」

「あの医者は隠れキリシタンだから」

「なんだと」

甲次郎の声が思わず大きくなったが、菊江はすぐに笑い崩れた。

「嘘ですよ。若旦那さん、本気にしたんですか?」

「てめえ……」

「でも隠れキリシタンはそのくらい怖い、か。さすがの若旦那さんでも」

つぶやくように言った菊江は真顔だった。

「怖いわけじゃねえがな」

「それでも気持ちが悪い。得体の知れない気がする。そうでしょう? まあ普通はそういうもんですよ、異国のものは怖い。得体が知れない」

「なんでもかんでもそうだってわけでもねえがな。しかし、お前さんは別に、秀哲が蘭方医で得体が知れねえから近づくなって言っているわけじゃねえんだろ」

「それはそうですよ、今どき蘭方の医者くらいたくさんいるんだし。……けれど、秀哲はまた別。あれはもっと大きなことに関わっている。この国の行く末を左右するようなことに」

「えらく大袈裟なことを言うんだな。たかが蘭方医がか」

「大袈裟と思っているうちが幸せですよ」

菊江は手酌で酒を杯に注ぎ、口元に運んだ。

「たかが蘭方医でも世の中をひっくり返す秘密を握ることもある。ねえ若旦那さん、若旦那さんがこの先もずっと続くと思っている通りに世の中は続いていくわけじゃないんです。何もかもが壊されてしまうことだってあるんです」

「ああそうかい」

何を言い出したのだか、と甲次郎は鼻で笑った。どうもこの女の話は真面目にとりあってもしょうがないようだと思った。

「もしも……もしもの話」

菊江は上目遣いに甲次郎を見た。

「たとえば、明日にでも異国の大軍がこの町にやってくると判ったら、若旦那さんはどうします」

「なんだって？」

「何もかも捨ててどこかに逃げるか……でも逃げてもどうしようもない。この国が焼け野原になってしまうのなら」

「……お前、何を言っているんだ」

甲次郎は眉をひそめて菊江を見た。馬鹿なことをと笑い飛ばすには、菊江の顔は真剣すぎるように見えた。

「近頃、異国の船がこの国のまわりをうろうろしている……そんなことは若旦那さんもご存知でしょう。けど、それでも、本当に異国と戦になるなんてことはないと勝手に信じている、何も知らずに。……でも世の中はそんなに穏やかなものではないんですよ。若旦那さんが知らないことも遠い町から大坂に入ってくる。それを、あの蘭方医は警戒している。警戒して、あの書状を横取りした」

「書状……」

「長崎から御城代様宛の書状」

「まさか……例の長崎奉行の書状のことか。あの同心が殺されたときに持っていたっていう……」

殺された東町奉行所同心は、確か長崎奉行の書状を大坂城代に届ける途中だったはずだと甲次郎は思い出した。

「やはり同心が殺されたのは、書状を狙った者の仕業だったんだな。だがそれがまさか……」

「お話はここまで、若旦那さん」

菊江が鋭く遮《さえぎ》った。

「申し訳ないけど、お迎えが来ました。ここでお別れしましょ」

「お迎え？」

聞き返すと同時に、甲次郎は気づいた。

襖の向こうに、人の気配があった。

さきほどの奴らにつきとめられたのかと甲次郎は焦ったが、菊江はのんびりと言った。

「若旦那さんが自分で言ったでしょう。私はこれでもただの奥女中とは違うんですよ。助けが来たってことです。もう心配いりませんから、安心してください。……若旦那さんも、帰ったほうがいいですよ、さっきの連中に目をつけられないうちに」

「味方が来たらおれは用無しってことか」

「私と一緒にいたほうが危ないんですよ。お判りかと思うけれど」

菊江は立ち上がった。

平気な顔をしてはいるが、脇腹の傷が痛むようで、よろけた。

甲次郎も立ち上がり、倒れかけた菊江を支えてやった。

「ありがとう、若旦那さん」

菊江は甲次郎に寄りかかりながら小さく言った。

「御礼ついでに、もう一つ、忠告しておきます、若旦那さん」

菊江が耳元でささやいた。

「若旦那さんのお友達の、東町奉行所のお役人。気をつけたほうがいいですよ。同僚の二の舞にならないように」

「なに！」

「これだけは言っておきます。私の後ろには大坂城代がいる。けれど、私を狙った相手の後ろにはそれ以上の大物がいますよ。町方役人の一人や二人、消すのは簡単。これ以上あれこれ探っていると、私がどうこうする前に、あのお役人、消されますよ」

これも若旦那さんへの御礼の忠告、と菊江は言った。

「おい待てよ」

そのまま部屋を出て行く菊江を、甲次郎は追おうとした。

だが、襖を開けたところで、甲次郎は足を止めた。

襖の向こうにいたのは男が二人だった。

二人とも、腰に刀を差した武士で、甲次郎を見ると刀に手をかけた。

「若旦那さん。ではまた」

菊江は振り向かずに手を振った。

甲次郎は二人の男に遮られ、追うこともできず、その背を見送った。

第四章　刺　客

一

菊江が部屋から去ったあと、甲次郎もひとりで船宿を出た。

新地のなかは店から洩《も》れる灯りで歩くのに不都合はなかったが、賑わいを離れると、月明かりだけで歩くのは難儀だった。

妙なことに巻き込まれたばかりであり、甲次郎は風で木々が揺れる気配までが気になった。

「冗談《じょうだん》じゃねえ」

思わずつぶやきがもれた。

菊江が本当に大坂城代の隠密だったとして、そんな面倒な相手と関わり合いになる気などなかった。

そもそも今の城代酒井讃岐守とは、なるべく関わり合わぬ方が良い事情が甲次郎にはあるのだ。

(なんでこんなことになったんだか)

追いはぎに襲われた医者を助け、厄介《やっかい》な事件に首を突っ込んでいる友達の力になりたいと考えた。それがこんな面倒なことにつながるとは思っていなかった。

祥吾のことを思い出し、甲次郎は早足になった。

もっと早く戻れるだろうと思って了斎に伝言を残していたのだ。祥吾が待ちくたびれているかもしれないと思った。

道場に戻ると、了斎が驚いた顔をして甲次郎を迎えた。

「何や、お前さん、どないした。無事やったんか。祥吾はさっき出かけたで」

「は？　どういうことです。無事って……」

「そやから、お前さんが怪我したて聞いて、祥吾はたった今、慌《あわ》てて伊蔵を連れて……」

「おれは怪我なんかしちゃいませんよ」

「なんやて」

甲次郎と了斎は顔を見合わせた。

おかしいと気づいた瞬間、甲次郎はのど元に刃を突きつけられたような気になった。

「誰がそんなでたらめを言いに来たんです」

「東町奉行所の人見とかいう同心の手先や。伊蔵も祥吾もよう知ってる奴《やつ》のようやったで。そやさかい、儂《わし》もおかしいとは思わんかったんや」

「あいつか」

甲次郎が北久宝寺町の町会所に呼び出されたときに会った男だ。確か小平と言った。

同じ奉行所に関わる手先が祥吾を騙《だま》すとは思わなかった。

だからこそ、祥吾も伊蔵も疑わずについて行ったのだろう。

「どこに行ったんです、祥吾は」

「寺町の戎《えびす》さんの近くやて言うてた。その手先が案内するて言うてな。まだ四半刻も経ってへんけども……」

「判りました」

師匠の言葉を最後まで聞かず、甲次郎は走り出した。

儂も行く、と了斎が叫ぶのが聞こえた気がしたが、甲次郎は足を止めなかった。

小平が誰の差し金で祥吾を連れ出したかは知らないが、本人の知らぬところで甲次郎の名前を騙《かた》ったのだ。よからぬ企みがあるに違いない。

間に合ってくれと祈りながら甲次郎は走った。

捕り物の途中で殺されたという祥吾の父親の話が思い出された。

小さな堀川に掛かった橋の手前で月が雲に隠れ、辺りが暗くなった。

甲次郎は舌打ちした。

提灯を持ってくるべきだった。

慣れぬ道を、闇の向こうに目をこらすようにして甲次郎は急いだ。

風に血なまぐさい匂《にお》いが混じった気がした。

同時に、前方に黒い影が動いた。

甲次郎は反射的に身構えた。

影が音をたてて地面に倒れ込んだ。

「誰か……助けてくれ……」

かすれた声に聞き覚えがあった。

「おい、伊蔵じゃねえか」

「……あんた、若狭屋の……」

かけよって抱き起こすと、甲次郎の手に生ぬるい感触があった。

血だ。

「おい、祥吾はどうした」

「旦那は戎さんの境内から向こうに……寺町の方や。……そやけど奴ら、追いかけてったはずや。三、四人はおった。若旦那、頼む……」

「判った」

甲次郎は伊蔵をその場に置いて走り出した。

伊蔵のことは気になったが、死ぬなよと祈って置いていくしかなかった。

相手の狙いは伊蔵よりは祥吾だったはずだ。
三、四人が相手とあっては、いくら祥吾でも危ない。
戎社の境内には人の気配はなかった。

しかし、血の匂いがした。

足音をひそめながら歩くと、やがて雲が切れ、目が利いた。

石灯籠《いしどうろう》の脇に倒れている男がいた。

一瞬ひやりとしたものが甲次郎の背に流れたが、駆け寄ってみると、祥吾ではなかった。

見覚えのない黒装束の男だった。

脇腹を斬られていた。

血を流しているが、死んではいない。

うめき声をあげている男の手から、甲次郎は刀を奪い取った。

知らない相手だが、状況から考えて、祥吾を襲った一味に違いない。

甲次郎は刀を構え、辺りを見回した。

ここで斬り合いになり、伊蔵の言ったとおり、祥吾は移動したらしい。

甲次郎は境内を出て、寺町に向かった。

寺の並ぶ通りに出ると、左右を見回し、どちらに行くべきか迷った。

右手からかすかな剣戟《けんげき》が聞こえた。

人の動く気配もある。

「祥吾」

甲次郎は叫んだ。

気配の方に走ると、人影が見えた。

寺の土壁を背にした祥吾だった。

そのまわりに三人いる。

「甲次郎か」

祥吾が応えた。

「てめえら、何者だ」

甲次郎は叫んだ。

祥吾は十手を、相手方はみな刀を手にしていた。さきほどの男と同じ、黒装束をまとっている。

甲次郎は奪い取ってきた刀を構えた。

「甲次郎、気をつけろ」

祥吾が叫んだ。

今のところ斬られてはいないようだ、と甲次郎は安心した。

だが、三人を相手にしていたのだ。疲労がひどいのは容易に想像できる。

「てめえら、例の同心殺しの一味か」

甲次郎は大声をあげた。

相手の目を自分に向けさせなければと思ったのだ。

「誰の手先だ。お前らに命令しているのはどこの誰だ」
「おい、黙らせろ」
祥吾の右手にいた男が残りの二人に命じた。
同時に、二人の切っ先が甲次郎に向いた。
甲次郎は斬りかかってきた刃を大きく払った。
間髪《かんはつ》入れずに二人目が来た。
甲次郎は返す刀で白刃を受けた。
相手の肩越しに、祥吾が残りの一人と斬り結ぶのが見えた。
祥吾は相当疲れているようで、足下がふらついている。
甲次郎は目の前の相手を力ずくで跳ね返した。
祥吾の助太刀をしなければと思ったのだ。
祥吾に駆け寄ろうとしたが、先ほどうずくまった男が立ち上がり、遮《さえぎ》った。
「退《ど》け！」
叫んで相手の胴を薙《な》いだ。
嫌な感触があり、男が今度は地面に倒れた。
だが、同時に甲次郎自身も肩に衝撃を受けた。

かまわず前に走ると、祥吾の前にいた男が甲次郎に向き直った。
甲次郎はそのまま、男に斬りかかった。
刀が音をたててぶつかりあった。
男は一歩も退《ひ》かない。
甲次郎は自分の刀が押されるのを感じた。腕に力が入らないのだ。
「祥吾、甲次郎……無事か」
そこで、耳慣れた声がした。
続いて、いくつかの足音が聞こえた。
「師匠……」
了斎だった。
男が舌打ちし、身を翻《ひるがえ》した。
そのまま了斎に斬りかかろうとした。
了斎がその刀をかわし、手にした木刀で男の手首を打った。
声をあげて横から切りかかってきた別の男も、木刀ではじかれた。
「退け」
男がわめいた。

そのまま怪我をした仲間をひきずるようにして走っていく。

追いかけなければ、と甲次郎は思った。

祥吾も当然、後を追うだろうと思った。

だが、祥吾は刺客を追う代わりに甲次郎に駆け寄った。

追わねえと、と言おうとして、甲次郎は自分の足が動かず、ぐらりと体が揺れるのを感じた。

「甲次郎……」

祥吾が叫んだ。

腕を支えられ、甲次郎は初めて自分が地面に膝を着いたのだと悟った。

同時に、肩にひどい痛みを感じた。

斬られたらしい。

そう判った瞬間、苦い笑いが顔に浮かんだ。

「しっかりしろ」

祥吾が耳元でわめいている。

うるせえ、と言おうとして声にならなかった。

「甲次郎」

了斎も駆け寄ってきた。

大丈夫です甲次郎はなんとか声を振り絞った。

了斎が安堵したように息をついた。

「どうされました」

新たな声が割り込んできた。

近づいてくる足音に、了斎が木刀を手にして立ち上がる。

「怪我人ですか」

続いて聞こえた声が、甲次郎の体に再び緊張を走らせた。

「……あんた」

「あんた、どなたはんや」

提灯を片手に駆け寄ってきたその男に、了斎も怪訝《けげん》そうな顔になった。

「これはすみません」

提灯の向こうで男は心配そうな顔をしていた。

「たまたま通りかかったのですが、何やら血の匂いがしたもので。私は医者です。怪我人がおられれば手当をいたしますが」

そう言った男は、堀井秀哲だった。

どうして秀哲がこの場に現れたのか、勘ぐることはいくらでもできた。

秀哲が一連の事件に関連していることは明らかだ。

秀哲は祥吾を襲った連中と繋《つな》がっていて、近くで見張っていたのかもしれない。

二

だが、何も知らない了斎は、秀哲が若狭屋に出入りの医者だと知ると、すぐに手当を頼んだ。

甲次郎は了斎の道場に運ばれた。

伊蔵も、一足早く了斎の門弟に助けられ、運び込まれていた。

伊蔵の手当のために、道場で懇意にしている近所の医者がすでに呼ばれており、秀哲はその医者と手分けして、二人の傷を縫い合わせた。

手当を受けながらも、秀哲には気を許してはいけないと張りつめていた甲次郎だったが、やがてその気力も薄れ、気がつくと床の中に横たわっていた。

どのくらい眠っていたのか判らなかった。

隣には伊蔵が同じように寝ており、襖の向こうではぼそぼそと話をする声がした。

了斎と祥吾が話しているようだ。

「目が覚めましたか」

頭の上から声をかけられ目を向けると、そこに秀哲が立っていた。

「薬をお持ちしました。化膿止めに飲んでおいたほうがいい」

「……あんた、なんであそこにいたんだ」

甲次郎は横になったままで秀哲を睨《にら》んだ。

「たまたま通りかかったので」

「言葉通りには聞けねえな」

「私の言うことを言葉通りに聞くなと若旦那に吹き込んだ者がいるわけですか」

秀哲は甲次郎の枕元に腰を下ろした。

手にした盆の上には水を入れた湯飲みと粉薬があった。

「誰を信頼するかは若旦那しだいですよ」

「確かにそうだな」

甲次郎は目を閉じた。

ややこしいことを考えるには、頭がぼんやりしているようだった。

だが、どうしても聞いておきたいことがあった。

「……あんた、何者だ」

「……」

「祥吾を襲った一味とつながっているのか」

「……」

「あんたを隠れキリシタンだって言っていた奴がいたぜ。長崎奉行の書状を奪いとった一味だとも」

ほう、と秀哲はかすかに笑った。

「誰です、そんなことを言うのは」

「大坂城代の隠密の女だ。そいつはお前さんをひどく警戒していた。大坂でいちばんの権力者につながっている女がだ。どうしてだ」

「城代の隠密……ああ、あの女ですか。あの女が始めに組んでいた腕の悪い相方は早々に始末したのですが、あの女はなかなかそうはいかなくて困っていたのですよ」

「なに」

甲次郎は目を見開いて秀哲を見た。

甲次郎にしか聞こえないであろう小声だったが、秀哲はとんでもないことを口にしている。

「……あの追いはぎを殺したのはあんたなのか」

「私が手を下したわけではありません。狙われたからには、放ってはおけないもので」

「物騒な医者だな」

「身を守るためです。ああ、それから私をつけ回していた奉行所同心の手先。あれも早々に始末しますよ。少しばかり騙して働いてもらいましたが、もう用済みなのでね。仲間に引き入れてやると言ったら喜んで乗ってきたので面白かったのですが」

小平のことか、と甲次郎は思った。

「なんであんたは城代の隠密に狙われているんだ。まさか本当にキリシタンだからってことじゃねえだろうな」

「残念ですが、キリシタンではありません。異国のことに興味はありますが、異国の神を信じようとは思いません」

「なるほど」

「だが私が隠れキリシタンとは、よく言ったものだ。異国となればキリシタンですか」

秀哲は笑い声をたてた。

「それにしても若旦那は面白い方だ。一介の呉服屋の若旦那がどうして城代の隠密などと知り合いになったのでしょうな。若狭屋に城代公用人が出入りしている理由も、どうやらただの商いのためだけとは思えぬようですな。いずれゆっくりとお話をしたいものです」

「おれはこれ以上あんたと関わりたくねえな」

甲次郎は苦い声で言った。

関わりたくはないが、秀哲の化けの皮ははがさねば気が済まないとも思った。

「それは残念ですな」

「甲次郎、目が覚めたんか」

そこで襖が開き、了斎が顔をのぞかせた。

「薬を飲んだら、また眠った方が良いですよ。体を休めないと」

秀哲は翳のない笑顔を了斎に向け、言った。

「さあ、薬を」

秀哲が甲次郎に手を貸し、身を起こさせながら湯飲みを差し出した。

毒でも飲まされるかもしれねえな、と甲次郎は思ったが、拒むのも面倒なほどに体が重かった。

「いずれにしろ」

秀哲が甲次郎の肩を支えながら、甲次郎だけに聞こえる小声で言った。

「若旦那はこれ以上動かないほうがいい。忠告しておきますよ」

また忠告か、と甲次郎は苦々しく思った。

しかし、うるさいと言い返すほど、気力がなかった。

甲次郎は急激な睡魔におそわれた。

目を閉じる寸前に、祥吾が部屋に入ってくるのが見えた気がした。


翌日の昼、信乃が若狭屋の手代とともに了斎の道場にやってきた。

「甲次郎兄さんが怪我をしてこちらにいるて聞きました」

信乃はしっかりとした口調で了斎に挨拶《あいさつ》した。

「こらまた、耳が早いお嬢さんやな」

応対に出た了斎は、驚きを隠せなかった。

甲次郎は傷を負ったことを若狭屋には知らせないように了斎に頼んでいた。回復するまで道場に居続けるわけにはいかないだろうが、甲次郎は若狭屋の者たちに心配をかけたくなかったのだ。

家の者は甲次郎が一日二日戻らなくても心配などはしない。さすがに三日四日と過ぎればまずいだろうが、そのときになれば、適当に作り話をして帰るつもりだった。

だが、信乃は自分からやってきた。

「秀哲先生が教えてくれはりました」

信乃は了斎に言った。

「ああ、あの蘭方の先生か」

「兄さん、大丈夫ですか」

「心配いらんで。命にかかわる怪我でもないしな。何日か寝とったら治るわ」

呑気《のんき》な声の了斎に案内されて信乃が部屋に入ってきたとき、甲次郎は床に半身を起こし、昼飯を食べているところだった。

了斎の道場は女手が少なく、通いの女中は朝夕にしかやってこない。しょうがなく、門弟のひとりが床の側で甲次郎に給仕などしていたのだが、信乃はそんなところにやってきた。

甲次郎は目を丸くした。

「信乃。なんでお前」

「兄さんこそ何してはるんですか。怪我したて秀哲先生から聞いて、みんな本当にびっくりして……」

信乃は言葉を詰まらせた。

だが、すぐに我に返ったようで、後ろに控えている手代に声をかけ、持ってきた風呂敷包みをほどき始めた。

「兄さんの着替え、持ってきました」

「あ、ああ。悪いな」

「父さんも母さんも心配してます。そやけど、あまり大袈裟にして、何があったかてご近所で噂でもされたら困るして」

悪かったな、と甲次郎は苦笑してみせた。

「跡取り息子が喧嘩で斬られたなんて話は、みっともねえからな」

「喧嘩やったんですか」

「秀哲先生は何も言わなかったのか」

「たまたま通りかかっただけで事情は判らへんて」

「そうか。まあ喧嘩のようなもんだ」

「なんでそんなこと」

信乃は眉《まゆ》をひそめた。

「こんなこと千佐ちゃんが知ったらどれだけびっくりするか」

「おい千佐にまで言うことはねえからな」

甲次郎は慌てて言った。

「そやけど……」

「甲次郎、具合はどうだ……」

信乃が呆《あき》れたように何か言いかけたとき、襖の向こうから足音とともに祥吾が現れた。

「信乃殿」

信乃の姿に祥吾は驚いたようで、立ち止まった。

信乃は落ち着いて頭を下げた。

「ご無沙汰しております、祥吾様」

「あ、ああ。いや、こちらこそ……」

祥吾は口ごもった。

そのあと、祥吾はあらためて信乃の前に座り、頭を下げた。

「申し訳なかった。甲次郎に怪我をさせてしまったのは私のせいだ。信乃殿にも、若狭屋のご主人にもどうお詫びをしていいか……」

「え」

堅苦しく詫びを述べた祥吾に、信乃はきょとんとした顔になった。

「喧嘩って祥吾様も一緒やったんですか」

「そんなようなもんだ。もうその話はいいから」

甲次郎は横から話を遮った。

祥吾からはもう何度も礼も詫びも聞いていた。これ以上頭を下げられるのは居心地が悪いだけだ。

だいたい、悪いのは祥吾ではなく祥吾を襲った連中なのだ。そして、その相手については、祥吾は今朝、見たことのない連中だったと言った。

祥吾を呼び出したのは小平だったが、その小平は斬り合いになったときには姿をくらましていた。

小平は東町奉行所同心人見厚五郎の手先だが、襲撃者のなかに人見の姿はなかった。

「人見殿が関わっているのかどうかは判らない」

今朝、甲次郎の状態が落ち着き、ようやくゆっくりと話ができるようになったあと、祥吾と甲次郎は襲撃者について話をした。

「おれが狙われる理由は一つしか思いつかない。朝岡殿のことだ。あの事件について調べられたくない者が邪魔をしているとしか考えられない」

「その同心殺しだがな。実は怪しい女を一人知っている」

甲次郎は菊江のことを祥吾に告げた。

祥吾は初めは半信半疑といった様子だったが、やがて難しい顔になった。

「大坂城代の配下の者が関わっているというのか。……だが、その女は針を使う一味に狙われていたのだろう？　ということは、朝岡殿を殺した下手人ではなく、その一味に同じように狙われているというわけだ」

「そういうことになるな」

「大坂城代の隠密かもしれない女を狙う一味となると……」

祥吾は首をひねった。

「いくらでもあるんじゃねえのか。大坂城代なら恨みも買っているだろう」

「それは確かにそうだ。御城代となれば敵も多いと考えていい。だがな」

そうは言っても相手は大坂城代だ、と祥吾は腕組みをした。

「この町でいちばんの権力者に仇《あだ》なすとは大胆な連中だ。どこの手の者にしろ……簡単に相手できるとは思わないほうがいいだろうな」

「まあな。お前、あんまり一人でうろうろしねえほうがいいぞ」

しばらくはおれも助太刀の役に立ちそうにねえからな、とつけたすと、祥吾は苦笑した。

それから祥吾は奉行所に出向いた。

とにかく人見厚五郎が一件に関わっているのかどうかだけでも探りをいれてくる、と言って出て行った。

甲次郎は祥吾が奉行所で何か厄介なことになっていないかと心配していた。

思いの外に早く帰ってきた祥吾に甲次郎は安堵したが、信乃が一緒にいては、あまり込み入った話はできない。

信乃や若狭屋の者には事件のことを知らせたくないと、甲次郎は祥吾にも告げていた。

巻き込みたくはないと言った甲次郎に、祥吾もうなずいた。

だが、それとは別に、やはり甲次郎に怪我をさせたことには罪悪感を感じているようで、もういいと甲次郎が言っているにもかかわらず、しつこく信乃に頭を下げた。

「詳しい話はできないのだが、とにかく、今度のことは私に責任がある。申し訳なかった」

「どなたの責任かは、うちはどうでもかまいません」

信乃は静かに言った。

「祥吾様も、甲次郎兄さんも、どうぞもうお怪我のないように。それだけはお願いしておきます」

「申し訳ない」

「それで、祥吾様は、お昼はおすみですか?」

信乃は甲次郎の給仕をしていた若い門弟に会釈をし、自分がその場所についた。

「ああ、私はもう外ですませてきたので」

「なら、お茶だけでもお持ちします」

信乃はすでにぬるくなっていた甲次郎の湯飲みを盆に載せ、おろおろしている門弟に案内させて台所に消えた。

信乃が道場に来たのは初めてのはずだが、まるで自分の家のように堂々としている。

甲次郎は苦笑した。

千佐に較べて大人しい娘だと思っていたのだが、世間知らずでまわりに気兼ねをしないぶん、堂々としているように見えるのだろう。

「信乃殿は変わったな」

祥吾が目を細めて言った。

「許婚《いいなずけ》のお前が怪我をしたと知って泣かれたらどうしようかと思ったのだが」

そう言われて甲次郎は複雑な気持ちになった。

信乃が泣いたのは、祥吾が殺されたかもしれないと勘違いしたときだったと思い出したのだ。

甲次郎は祥吾の顔を窺った。

信乃はおれよりお前のことを心配していると告げたら祥吾がどんな顔をするか、見てみたかった。

「甲次郎兄さん、若狭屋にはいつ頃戻らはるつもりですか?」

台所から茶瓶を持って戻ってきた信乃は、茶を注ぎながらそう言った。

「父さんも母さんも心配してはるから」

「ずっとここにいても師匠に迷惑になるからな。明日には帰る」

「なら誰か迎えを……」

「いらねえよ。別にそれほどの怪我でもねえし、さっきも言ったろう。跡取りが斬られて怪我したなんて話は、なるべく外に知られねえほうがいい」

こっそり駕籠《かご》でも拾って帰る、と甲次郎は言った。

信乃は甲次郎が昼飯を終えるまでそばについていたが、給仕を終え、片づけものまですませてしまうと、これで失礼しますと言った。

「兄さんのこと、よろしゅうお願いいたします」

了斎に手をついて頼み、祥吾にももう一度、頭を下げた。

手代を連れて帰っていく後ろ姿に、了斎が感心したように言った。

「ええ娘さんや。甲次郎にはもったいないくらいや。若狭屋の娘さんは、どっちの娘も本当、甲次郎にはもったいない」

どっちの娘もなどと言われても返事に困る。甲次郎は肩をすくめたが、祥吾は真面目な顔で了斎の言葉を受けて言った。

「信乃殿は本当に……お前にはもったいない」

甲次郎は思わず祥吾を見やったが、顔を背《そむ》けていて表情は判らなかった。

「で、祥吾。奉行所では何か判ったのか」

信乃が帰れば、遠慮なく話ができる。

甲次郎はあらためて祥吾と向かい合った。

甲次郎の隣の部屋で同じように寝ていた伊蔵も、主人が帰ってきたと知ってそばにやってきた。

祥吾は渋い顔で話し始めた。

「人見殿はおそらく何も知らない。小平の行方も昨日から知らないと仰せだった。小平は前々から勝手にいなくなることが多かったと怒っておられたくらいだ」

「ほなら、その通りでしょうな」

伊蔵がうなずいた。

「人見様は、そないに腹芸のできる御方と違います。旦那が無関係やと思われたならそれで間違いないかと」

「町奉行所には昨夜のことは告げたのか。祥吾が襲われたってことは」

「……いや」

まあそうだろうなと甲次郎はうなずいた。

祥吾が朝岡殺しを調べていたこと自体、奉行所には内密のことなのだ。

「だが……少し気になることを聞いた」

祥吾が声を潜《ひそ》めた。

「朝岡殿が殺されたのは長崎奉行の書状を届けに行った際のことだ。それは先に話をしたと思うが」

「ああ聞いた」

「その書状の内容について、御奉行が内々に長崎奉行に問い合わせたそうだ。何か重大なことが書かれていたのならば一大事だからな。しかし、長崎からは、たいした書状ではない、形ばかりの機嫌伺いゆえ気にする必要はないとの返事が返ってきたらしい」

「形ばかりの機嫌伺いのために同心がひとり死んだってことか」

「そうだ」

祥吾は腕組みをした。

「長崎奉行からしてみれば、こちらが書状を紛失したのだからお怒りになって当然なのだ。にもかかわらず、たいしたことではないから大きな問題にするなとのお返事だ。御奉行は喜んでおられたが、どうも気になる」

「町奉行所の落ち度を責めるでもなく、ただ大きな事件にするなと揉《も》み消そうとしている。大坂城代と同じ反応だな」

「そうだ」

「そうなると、逆に、たいした書状ではないという話を鵜呑《うの》みにはできねえな」

盗まれてはまずい書状だったから、逆に、盗まれたことを隠そうとしているのかもしれない。

「書状か……」

甲次郎の耳に、昨日の菊江の言葉が蘇《よみがえ》った。

一通の書状が世の中をひっくり返すこともある、と菊江は言った。

たいした書状ではないと大坂城代と長崎奉行は口を揃えて言っているが、その大坂城代の下で隠密働きをしている女は正反対のことを言ったのだ。

甲次郎がそれを告げると祥吾は眉をひそめた。

「ではやはり、その書状に秘密があるわけだな。大坂城代はその書状の重大さを知っているから、逆に隠そうとしている」

「横取りされたことが公になってはまずいと……」

しかし、それほどに大事な書状の中身がなんなのか、甲次郎にはまるで思い浮かばなかった。

「疑問がさらにある」

祥吾は言った。

「大坂城代が事件の裏にいるとしたら、もっと表だって奉行所に圧力をかけてきてもいいはずだ。おれが動いていることがばれているならば、おれを奉行所にいられなくすることも容易《たやす》いはずだ。だが、それをしない。それも妙だ。何かを警戒しているようにも思える」

「警戒……大坂城代が、か」

大坂ではもっとも大きな権力を持っている存在である。

大坂ではという限定をつけずとも、大坂城代酒井讃岐守はいずれは老中にもなろうかという譜代大名である。

「それほどの権力者が警戒する相手となると……」

「判らんがな」

祥吾はぽつりと言った。

「あるいは……と思うことがある。大坂城代でも警戒しなければならない相手がいるとしたら、それは……」

「それはなんだ」

言葉を切った祥吾を、甲次郎は促した。

「公儀……かもしれん」

「公儀だと？」

甲次郎にはすぐには判らなかった。

「公儀隠密だ」

祥吾は空をにらみつけるようにして言った。

「大坂城代は西国の監視を行う重要な役職だ。その役についているものが、万が一にでも公儀にたてつくようなことがあれば一大事だ。だから、大坂には城代を見張るための隠密が江戸から潜り込んでいる……そんな話を以前に聞いたことがある」

三

甲次郎は翌日、若狭屋に戻った。

歩くのはまだ無理なので駕籠を呼び、了斎が若狭屋まで付き添った。

宗兵衛は甲次郎に特に何も言わなかった。

甲次郎も、人騒がせなことをして悪かったと短く謝っただけで、それ以上は養父には語らなかった。

宗兵衛はこころなしか顔色が悪いようで、それは自分がいろいろな意味で宗兵衛に心労を与えているからだと思うと、甲次郎はいたたまれなかった。

離れにはすでに床が設《しつら》えてあり、信乃が女中とともに甲次郎の世話を焼いた。

了斎の道場では出入りの外科医が甲次郎の傷を診ていたが、天満《てんま》からでは遠いため、宗兵衛は堀井秀哲に往診を頼んでいたようだった。

甲次郎はそれを知って顔をしかめたが、

「秀哲先生、このところお留守でつかまらへんのです」

信乃は心配そうに言った。

甲次郎が怪我をしたと知らせに来た日以来、家には帰っていないらしく、信乃が昨日挨拶に行った際にも、雨戸が閉められたままだったそうだ。

「あいつの家に一人で行ったのか」

とりあえずは大人しく床に寝そべっていた甲次郎は、驚いて声を荒げた。

「秀哲の家に行くときは声をかけろと言っただろう」

「そやけど、兄さんは怪我してはるし、それに兄さんを助けてくれはった御礼を言いに行ったんです。当たり前のことやないですか」

「それはそうだが」

「それに」

信乃は珍しく口をとがらせた。

「一人で行ったわけと違います。父さんと一緒です」

「それならいいが……」

秀哲には何かある。それは間違いないのだ。

祥吾が口にした公儀隠密という言葉が、甲次郎の耳には残っていた。次からは絶対に一人で行かないようにと甲次郎は釘《くぎ》を刺したが、信乃は納得したようには見えなかった。

信乃にしてみれば、秀哲は自分の体を治してくれた名医であって、信頼もひときわ篤《あつ》い相手なのだ。いきなり会いに行くなと言われてもうなずくわけにもいかないのだろう。

甲次郎は、それから三日ほど、大人しく離れで養生して過ごした。

祥吾がどうしているかは気になったが、今の体では手助けしてやることもできない。

祥吾のことは了斎が十分に気をつけてくれているはずだと信じるしかなかった。

祥吾としても、自分が狙われていることは認めざるを得ず、しかも手先の伊蔵まで斬られたとあっては、行動を自重せざるをえなかった。

了斎は門弟のなかから腕に覚えのあるものを二人ばかり祥吾につけた。さすがに奉行所の役務にずっと付き添うわけにはいかないが、つかず離れずで祥吾の近くにいるようにと二人に指示し、再び襲われることのないように用心をした。

了斎は甲次郎の様子も一日おきに見にきた。

小平の亡骸《なきがら》が見つかったと甲次郎に告げたのは了斎だった。

「死んでいたんですか」

「殺されたらしい。同じ手口でな」

了斎は首筋を針で突く真似をしてみせた。

甲次郎は床から身を起こし、了斎とともに縁側に並んで話していたのだが、それを聞いて、やはり、とうなずいた。

「小平は利用されただけだったようですね」

「とにかく、手がかりが減ってしもたことは確かや」

祥吾を襲った一味のうち、正体が判っていたのは小平だけだったのだ。

甲次郎の頭に菊江の顔が浮かんだ。

(あの女に訊けば何か判るのだろうが)

菊江ならば居場所は判っている。城代屋敷に行けば会えるだろう。

だが、会ったからといって、簡単に話をしてくれそうな女ではなかった。

どうにも手詰まりだと甲次郎は頭を抱えた。

だが、手詰まりだからといって今更引き下がるわけにはいかない。祥吾を狙った一味がこれでことを終わらせるとは思えない。向こうが次の手を打ってくる前に、なんとかしたかった。

了斎が帰ってからも、甲次郎は離れで横になりながら、どうすべきか思案をめぐらせた。

そのうちに睡魔が訪れて、うとうとしていると、誰かが部屋に入ってくる気配がした。

「兄さん」

「なんだ、どうかしたのか」

信乃は障子を開けたまま、何か言いたげに立ち止まっていたが、やがて部屋のなかに入ってきた。

「お客さん、来てはりますけど」

「客？」

「菊江様。御城代屋敷の」

「……なんだと」

一息に眠気が覚めた。

甲次郎は慌てて床の上に身を起こし、その拍子に肩の痛みに顔をゆがめた。

「兄さん」

信乃が心配そうに駆け寄った。

「具合が悪いんやったら、お断りしましょうか」

「そういうわけにもいかねえだろう。城代屋敷の女相手に」

「そやけど」

信乃は眉をひそめた。

「……どうした」

信乃の表情に何かひっかかるものを感じ、甲次郎は訊ねた。

「何かあの女がおかしなことでも言ったか」

「そういうわけと違いますけど。……兄さん、あの御方といったいどこで親しくならはったんですか」

「親しいわけじゃねえけどな」

甲次郎は苦笑した。

「そやけど、何度も会《お》うてはるみたいやし。それにだいたい、城代屋敷の方が若狭屋に何度も来はること自体、おかしいやないですか。注文やったらこちらからお伺いしに行くのが当たり前やし、近くまで来たから立ち寄った、て言わはるけど、城代屋敷の方がそんなふうにふらふら一人で歩くものやろか。蔵屋敷のお女中かて、そんなことはしはりません」

「だが、本人が来たんだからしょうがねえだろう」

「兄さんが怪我したことも知ってはりました」

「そうか」

さすがに耳が早いと感心したが、信乃はそんな甲次郎の態度も気に入らないようだ。

「兄さんがそんなひとやと思わへんかった」

拗《す》ねたような口調になった。

「何言ってんだ、お前はさっきから」

甲次郎は何をつまらないことを気にしているのか、と笑った。

だが、その笑いさえ、信乃は気に入らなかったようで、もういいです、と口をとがらせてそっぽをむいた。

「そやけど兄さん。これだけは言うておきますけど」

「なんだ」

「千佐ちゃん、近いうちに帰って来はるかもしれません。兄さんが怪我したてうちが文を送りましたさかい」

「何を余計なことを……」

甲次郎は慌てた。

「里帰りしている千佐にまで知らせることはねえだろうが」

「けど、うちやったら、兄さんが怪我してること、黙っておかれたほうが嫌です。ずっと一緒に暮らしてきたひとやのに」

「しかし、千佐は今は富田林にいるんだ。わざわざそんな遠くまで」

「遠くて言うても、半日あれば行き来できる町です」

信乃は甲次郎の言葉を遮った。

「千佐ちゃん、きっと帰ってきます。兄さんに会いに」

「……そんなことでわざわざ来ねえだろう。里帰りしてからこっち、文ひとつよこさねえんだからな」

そう言ってから、どこか恨めしげに聞こえたのではないかと甲次郎は気になった。

「……かもしれへんけど」

でも、と信乃は小さな声でつけたした。

「うちは帰ってきて欲しい。そやないと……」

そやないと何なのか、うつむいたままで言葉が続かない。

甲次郎は信乃の言葉を待った。

信乃はこの間から、千佐のことで何か甲次郎に言おうとしている。

何を言いたいのか、まったく見当がつかないわけではなかったが、自分から切り出すことは甲次郎にはできなかった。

信乃が何を知っているのか、甲次郎にはまだ判らなかったのだ。

「兄さんは、何も知らんから」

ぽつりと信乃が言った。

「どういうことだ」

予想外の言葉に、甲次郎は聞き返した。

「おれが何を知らねえんだ。千佐に何かあったのか」

何も知らないのは信乃の方だと甲次郎は思っていた。

「若狭屋かていつまでもこのままではいられへん、てことです」

信乃は立ち上がった。

「おい待てよ」

「菊江様がお待ちです」

信乃はそれだけ言い置いて、部屋を出て行った。


菊江はいつもとは違い、奥の座敷で甲次郎を待っていた。

番頭も手代も部屋にはおらず、甲次郎は訝《いぶか》った。

「若旦那さんに用があるって言って、人払いしてもらいましたから」

菊江は含み笑いをした。

「ここのお嬢さん、若旦那さんの許婚なんでしょう。あとから怒られたらご愁傷様」

「いい迷惑だ」

すでに嫌みは言われたと甲次郎は肩をすくめた。

信乃だけならばまだいいが、店の者や宗兵衛が菊江の来訪をなんと思っているか、考えると気が重くなる。今度のことについて、甲次郎は養父にきちんと話をしていなかった。また妙なことに首をつっこんでと眉をひそめられるに決まっている。

いや、それだけでは済むまい。宗兵衛は甲次郎が城代屋敷と関わることを心配しているに違いないのだ。

甲次郎は菊江の向かいに腰をおろした。

「それにしても、若旦那さん。思っていたよりも顔色も良さそう。安心しましたよ。もう外を出歩くのも平気そうですね」

「ふざけるなよ。襲われたことをどこから聞いたんだ」

「私が忠告してあげて良かったでしょう。奉行所同心は無事だったみたいだし、若旦那さんもそのくらいで済んだし」

菊江は甲次郎の問いかけを無視して笑った。

「恩を売りにわざわざ来たのか」

相手が城代屋敷の人間だということは、もうどうでもよくなっていた。言葉遣いを改める気にもならず、甲次郎はあぐらをかいて菊江を睨みつけた。

「何度も何度もおれに何の用だ」

「今日は用があるのは私ではなくて岩田様ですよ。岩田様から、若旦那さんに直々にお話があって、お呼び出し」

菊江は二つ折りにした紙切れを甲次郎の前に差し出した。

甲次郎はそれを受け取らず、黙って菊江を見返した。

「城代の公用人がおれに何の用がある」

「それは私も判りません。けれど、岩田様は若旦那さんに前々から興味をお持ちですからねえ」

「……………」

「こんな小さな呉服屋に、城代の公用人がわざわざ足を運んだ。その理由が商売のことではなくて若旦那さんにあること、判ってらしたでしょ。商売だったら他にもいくらでもいい呉服屋はありますからねえ」

何もこんな店を選ばなくても、と菊江は座敷の調度品を見回すようにして言った。

若狭屋は、決して大店ではないが、呉服商としては中堅どころで、小さいとばかにされるほどではない。宗兵衛が一代で築いた新興の店で、城代御用達《ごようたし》の看板は確かに大きすぎるが、宗兵衛がこつこつと得意客を作り、堅実に商いをしてきた店だ。

若狭屋の商売を軽く見られたことを甲次郎は不快に感じた。そんな自分に驚きもした。

「おれには心当たりはねえが」

岩田が自分を気にかけていることは、初対面のときから判っていた。岩田は甲次郎の母親を知っている。その母親に甲次郎ほどの息子がいたことも、その息子が行方しれずになっていることも、おそらくは知っているのだろう。

「本気でそう仰るんでしたら、それはそれでいいですけれどね」

菊江は小さくため息をついた。

「けれど、若旦那さん。ここまで来たら何もかも誤魔化して押し切るのは無理ですよ。若旦那さんが思うほど、岩田様は甘い御方とは違います」

「おれが何を誤魔化していると思ってるんだ」

「それはご自分で考えてください」

菊江は甲次郎から視線をそらした。

「だが本当におれには覚えがねえ」

菊江が何をどこまで知っているのか、探るつもりで甲次郎は言い張った。

岩田が直々に会いたいと言ってきたのは、甲次郎がもっとも警戒している事柄について知りたいからなのか、あるいは、今回の一連の事件に関して話したいからか、それだけでもはっきりさせたかった。

「でも岩田様には用がある。それで充分。若旦那さんは従うしかないんですよ。お判りでしょうけれど」

「えらそうなもんだな」

「若旦那さんでなかったら恐れ入って、仰《おお》せの通りにと頭を下げるところですよ。若旦那さんはさすがです。怖いものなし。……私があれほど言ったのに、あの奉行所同心に私のことを話してしまったでしょう」

「………」

「ああ、やっぱりそう。そんなことだろうと思っていたけれど」

菊江は鼻で笑った。

「それが気に入らねえから、おれをどうにかしようっていうのか」

「気には入らないけれど、どうこうするわけにもいきませんよ。岩田様が若旦那さんに興味をお持ちの間は、うかつに手は出せませんせん」

菊江は甲次郎を見据えた。

「前にも言いましたでしょ。岩田様が知りたがっておられるのは若旦那さんの正体」

「たいそうなことを言うじゃねえか。呉服屋の跡取りに正体も何もねえだろう」

「だったら気にせず、いらしてください」

「そうはいかねえ。お前は知っているんだろう。公用人は何を聞きたがってるんだ」

「私は若旦那さんが思っているほどたいしたことは知らないんですよ。ただ命令されて動いているだけ。隠密というのはそういうものです。主人が誰でもそれは一緒。御城代様でも、どこかの誰かみたいにもっと大きな御方でも」

「どこかの誰かってのは……」

誰のことだと甲次郎が訊く前に、とにかく自分の務めは果たしましたからと菊江は言い、立ち上がった。

「では今晩、そのお店で」

紙切れだけを置いて、菊江は部屋を出て行こうとした。

「待てよ」

甲次郎は菊江を呼び止めた。

「もう一つ、聞いておきたい」

「何です」

「お前さんが大坂城代の隠密だとしたら、そのお前さんが警戒しているあの堀井秀哲はいったい何者なんだ。大坂城代でさえ恐れる相手といったら誰だ」

「おかしなことを言うんですねえ、若旦那さん。この町で城代が恐れる相手があるとでも?」

「この町にはねえよ。だが、町の外にはいるはずだ。……たとえば江戸とかな」

菊江が一瞬、険しい顔になった。

甲次郎はたたみかけた。

「おれのような一介の町人にとってみれば、大坂城代といえば江戸の将軍家に命じられて大坂にやってきた大名で、公儀の手先みたいなもんだ。だがよく考えてみれば、将軍家の身内でもない大名が、大坂城という西国一の城郭に住まい、西国にもたらされる情報をいち早く仕入れることのできる役職につくわけだ。見張りくらいつけておかないと心配で仕方がない……将軍家がそう思うのは当然かもしれねえ。ことにその大坂城代が、人一倍野心を持った者だったりしたらなおさら……」

「お話はここまでにしましょう、若旦那さん」

菊江は甲次郎に背を向けた。

「秀哲の正体も、知りたいのなら岩田様にお訊ねになることです。私は知りません」

菊江はそう言い置いて、部屋を出て行った。

正体か、と甲次郎は紙切れを見ながらつぶやいた。

甲次郎が秀哲の正体を知りたいように、岩田は甲次郎の正体を知りたがっているという。

そんなたいそうなものは自分にはない、と思う一方で、甲次郎は自分の体に流れている血が誰のものなのかを知っている。

た。

四

城代公用人岩田惣右衛門が甲次郎を呼び出したのは、北久宝寺町の料亭だった。

福屋の屋号を持つ店だが、通称は北福といい、甲次郎も場所は前から知っていた。高級料亭として有名な店で、同じ屋号の料亭が市中の南、天王寺近くにもあることから、北久宝寺町の店は頭に北をつけて呼ばれていた。

北久宝寺町といえば、甲次郎が初めて菊江を見かけた場所にほど近い。わざわざそんな場所に呼び出すのに何か意図があるのかどうかは判らない。

指定されたのは戌《いぬ》の刻《こく》（午後八時）で、辺りはすでに暗い。

甲次郎は普段通りの着流し姿で店の前まで来たが、自分の場違いさに苦笑した。

店の客は供を連れた旦那衆か、そうでなければ駕籠で乗り付ける蔵役人だ。商家に接待を受けに来た者もいれば、逆に、賄《まかな》いの苦しい藩の者なのか、金を借り受けるため両替商の接待に愛想笑いをしている武士もいる。

いずれにしろ、甲次郎には縁の薄い場所だった。

それでも甲次郎はここに来た。

若狭屋の者には祥吾のところに行くと嘘を言って出てきた。

正直に話せば宗兵衛は心配するだろうと思うと言えなかったのだ。

この数日、時々離れに顔を見せる宗兵衛は、ひどく疲れているように見えた。

これ以上、宗兵衛に負担をかけたくなかった。

信乃は出かける甲次郎を、何か言いたげに見ていた。菊江に呼び出されたのだと察しているようだった。

「まだ怪我も治ってへんのに……」

つぶやくように信乃は言ったが、行くなとはっきりは言わなかった。

「いつまでも寝ていたってしょうがねえだろう」

怪我は確かに、治ったとは言い難い。

それでも一人で外を出歩くことくらいはできた。

万一、誰かに襲われでもしたらとの懸念はあったが、狙われているのは祥吾であって自分ではないと甲次郎は思っていた。

甲次郎は福の字を大きく染め抜いた暖簾《のれん》をくぐり、現れた女中に岩田の名を告げた。

った。

「こちらでございます」

女中は一瞬だけ、甲次郎の身なりを咎《とが》めるような視線を見せたが、それだけだった。

案内されたのは、長い廊下の突き当たりにある座敷だった。

中庭に向かって並んだ座敷とは別に、特別の客用に設えられた部屋だということはすぐに判った。

高級料亭にとっても、城代公用人は他とは格の違う客であるらしい。

女中が障子を開けた。

「おみえでございます」

「おお。参ったか。かまわぬ。入るがよい」

なかから上機嫌の声がした。

座敷にはすでに酒が出されていて、上座に岩田惣右衛門、その脇に菊江が座り、下手には甲次郎の知らない武士が二人いた。

甲次郎は黙って部屋に入った。

今更名乗るのも妙な気がしたし、本来ならば手の届かない地位にいる武士を相手に、どう挨拶すべきなのかも判らなかった。

「遠慮はいらぬ。こちらへ」

岩田は甲次郎を手招きした。

「怪我をしたと聞いたが、思ったよりも元気そうだな」

岩田は昼間の菊江と同じことを言った。

「おかげさまで。腕のいい蘭方医の手当を受けましたので」

甲次郎はそう言いながら岩田の様子を窺った。

「腕のいい蘭方医か」

岩田は予想通り、その言葉にひっかかったようだった。

菊江が岩田の隣で眉をひそめている。甲次郎の挑発的な物言いが気に入らない様子だ。

だが、岩田は再び表情を緩めた。

「まあよい、ややこしい話は後にしよう。まずは料理を」

甲次郎の前にも、膳が用意された。

しかし、運ばれてくる料理に手を付ける気にはなれなかった。

判ってはいたが、やはりこの場の雰囲気は妙だった。

岩田と菊江はともかくとして、二人の武士は明らかに甲次郎を警戒していた。

（なんで一介の町人ごときを）

甲次郎が呆れるほど鋭い目つきでこちらを見ている。

「そう警戒することはない」

岩田が静かに言った。

随行の武士に言ったのかと思いきや、甲次郎を見ていた。

岩田は杯を膳に返し、甲次郎を見据えた。

「その方を害するつもりは今のところはないのでな。……むろん、話によっては、そのまま店に帰すわけにも行かなくなるだろうが」

「どういうことです」

甲次郎は腹をくくって岩田の前に座り直した。

「公用人様には、いったいおれに何の話があるんです？」

岩田は咳払いをし、下座の武士のひとりに目配せをした。

甲次郎の身に緊張が走ったが、武士は無言で座敷から出て行った。

部屋を離れたわけではなく、気配は廊下に留まっている。

見張っているらしい、と甲次郎は察した。

ここから先の話は店の者にも聞かせられないということだ。

「腕のいい蘭方医に手当を受けたと今申したたな。その医者とは、どのような関係じゃ」

「関係？」

「堀井秀哲の正体を知っておるのかどうか」

「正体……」

「あるいは」

岩田はゆっくりと、もう一度杯を手にした。

「秀哲の仲間なのかどうか」

「仲間？」

甲次郎は聞き返した。

「返答によっては、このまま帰すわけにもいかぬのだが」

岩田の隣で菊江が懐に手を入れた。

「ちょっと待ってくれ」

甲次郎は菊江を睨みながら言った。

「堀井秀哲とは確かにおれは知り合いですがね。だが、それは若狭屋の娘があの医者にかかっていたってだけの話だ。仲間だなどと……そんなことを疑われていたんですか、公用人様は」

「だが、あの医者を助けたそうではないか。菊江から話は聞いておる」

「目の前で知り合いが襲われていたら、誰だって助けるでしょう」

「なるほど」

岩田は甲次郎の乱暴な言葉遣いに怒るでもなく、うなずきながら杯を干した。

甲次郎の返答をどう受け止めているのか、表情では判らなかった。考え込んでいるようで、岩田はなかなか言葉を継がない。

甲次郎は焦《じ》れて自分から言った。

「そこの菊江様も前から秀哲先生のことを気にしていたようですがね。堀井秀哲っていうのは、城代の公用人様がそこまで気にかけなきゃならねえような相手なんですか。……どこぞの偉い御方とつながっているとか」

「さて……」

岩田は誤魔化すようにつぶやいただけだ。

埒《らち》があかねえな、と甲次郎はつぶやいた。

「もしもおれが堀井秀哲の仲間だったら、どうなるんです。生きて帰しちゃもらえねえわけですか」

「そういうわけでもないが、放ってはおけぬ。今あの連中に御城代のまわりをうろつかれては困るのだ。町奉行所の者がちょろちょろと動いておるだけでもうっとうしいというのに」

「うっとうしい……まさかと思うが、この間東町奉行所同心の丹羽祥吾を襲わせたのは、公用人様だったんじゃないでしょうね」

祥吾が狙われていると甲次郎に告げたのは菊江だったから、甲次郎は祥吾を襲ったのは城代の手の者ではないと思っていたのだ。

「私ではない。私の手の者でもない」

鷹揚《おうよう》に岩田は言った。

「邪魔だと思っているのは確かだがな。そもそもことの始まりは、町奉行所同心が長崎からの書状をきちんと城に届けられなかったことじゃ。それを棚に上げて、被害者のような顔をされても困るというもの」

「書状を届ける途中で殺された朝岡という同心のことですか」

「そうじゃ。あの者が、書状を途中で奴らに奪われたためにすべてが始まったようなものじゃ。……奪われたのか自ら渡したのか今となっては判らぬが、殺されておったということは、奴らに抵抗しようとしたのかもしれん。町奉行所の者たちはどちらの味方とも判らぬゆえ、面倒でのう」

「どちら、ってのは、あなた方と、それから、誰のことなんです」

訊ねながら、甲次郎はやはり、先日の祥吾との会話を思い出していた。

大坂城代の動向を監視するため、公儀隠密が入り込んでいるという話だ。

大坂城代と公儀隠密が本当に対立していたとして、町奉行所は大坂城代に直接支配されるものではなく原則として幕府の命に従うことになっているから、確かにどっちつかずの邪魔な存在には違いない。

「大坂城代ともなれば、敵はどこにでもおる」

岩田ははぐらかして問いには応えず、

「甲次郎」

と改めて甲次郎の名を呼んだ。

「その方は若狭屋の養子だそうだが、実の親はどこの者じゃ」

いきなりの質問に、甲次郎は焦った。

岩田の用向きは事件に関するものらしいと判り、内心でほっとしていたのだが、風向きが変わっている。

「養父の遠縁の者と聞いておりますが」

それは若狭屋宗兵衛が店の者たちに言っていることだった。

昔世話になった遠縁の者が夫婦揃って他界したため、忘れ形見の甲次郎を引き取ったのだと、宗兵衛は説明していた。

「商家の者か。それとも武家か」

「商家の者です。若狭屋に武家の親戚はおりません」

甲次郎は慎重に応えた。

「そうか。実の親に会ったことはあるのか」

「ございません。とうに死にましたゆえ」

「……では実の親に会いたいと思ったことはないか」

「ございません」

「なるほど」

岩田はうなずいた。

やはり表情からは何を言いたいのか読み取れず、甲次郎は菊江を見た。

菊江は怪訝そうな顔をしていた。

岩田が何を考えているのか、菊江も判っていないようだった。

「秀哲の話だが」

岩田の話がいきなり元に戻った。

「あの者は実は隠れキリシタンなのじゃ」

「……しかし、それは以前にも伺いましたが、確か……」

甲次郎はとまどった。

同じことを菊江からも聞いたが、あれは冗談だったはずだ。

「むろん真実とは違うがな」

岩田も菊江と同じことを言った。

「だが似たようなものじゃ。この町のためにはならぬ存在じゃ。ゆえに大坂城代の家臣としては、極秘裏に始末をせねばならぬ」

「はあ」

「内々で手をくだす。秀哲が屋敷に戻らぬとすれば、そういうことだ。騒ぎ立てぬほうがいいと心得よ。秀哲をかばいだてする者がいれば容赦はせぬ」

「……ちょっと待ってくれ」

甲次郎は慌てた。

「つまり、今あの先生の行方が知れねえのは、あんたたちが始末した……殺したってことなのか」

秀哲の姿が見えないと信乃が言っていたことを、甲次郎は思い出した。

だが、岩田は驚いたように菊江を見た。

「あやつは行方をくらましたのか」

「は、いえ……」

菊江が狼狽《ろうばい》したように首を振った。

「屋敷には戻っておらぬようですが、見張りをつけておりますゆえ……」

「ならば、それでよい」

岩田がもう一度、甲次郎に視線を戻した。

「一両日中にも、あの医者は大坂から消える。この世からも消えることになろう。手荒な真似はしたくなかったが、そうするしかないようなのでな。あの者は余計なことを知ってしまった」

「……その余計なことというのが、長崎奉行の書状に関わっているわけですか。それを秀哲が横取りしたから消すしかないと。たかが一通の書状で何をそこまで騒いでいるんです。すでに何人もの人が殺されている。ばかばかしい。何が書かれていたか知りませんが、書状は書状だ。人の命に代えられるようなものじゃないでしょう」

「そう思うのは、その方が世間を知らぬからじゃ」

岩田は鋭く言った。

「何人もの命に代えても守らねばならぬ書状もあるのじゃ。なぜなら……その書状の行方によっては、何万、何十万の命が左右されるからじゃ。だが……幕閣の方々ですら、その重要さを判っていない。判らずに、ただ我らのことを警戒し、妨害しようとする。あるいは異国に怯《おび》えておるのかもしれん。なげかわしいことじゃ」

「幕閣……」

大袈裟なことをと甲次郎は思った。

だが口には出せなかった。

一通の書状が世の中を変えることもある、と以前に菊江も言っていた。甲次郎には具体的にそれがどういうことなのかは判らない。だが、目の前の相手が本気でそう思っていることは確かなようだった。

「腰の重い江戸の連中には判らぬことゆえ、我が殿は自らのお考えで動かれるしかない。このままではこの国に取り返しのつかぬ災厄が襲いかかるからじゃ。しかし、それに対して妙な勘ぐりをする者がおる。それだけのことなのじゃ。その方も、ことを承知し、騒ぎ立てぬようにまわりに言うておくことじゃ」

話はそれだけだ、と岩田は言った。

「しかし……」

甲次郎は話を続けようとした。

「あまり時間がないのでな。後の話は、また今度にしよう」

岩田はそう言って、下座に控える武士に合図をした。

武士が甲次郎に近づき、もう帰るようにと手で示した。

「……判りました」

秀哲を殺すと岩田は予告したのだ。

たったそれだけのためにわざわざ自分を呼び出したのかと疑問に思う一方で、岩田がはっきりとものを言わない理由も甲次郎にはうっすらと判っていた。

岩田は甲次郎の正体を、もしやと推測しているはずだ。

その甲次郎が、城代と敵対する公儀隠密と繋がっているかもしれないとなれば、警戒心は大きかっただろう。

だが、甲次郎の応対から、岩田は甲次郎が堀井秀哲とつながりがないことを確信した。

今はそこまででいい、と岩田は思っているのだ。

それ以上のことは、この一件が片づいてからでいいと考えているのだ。

先送りになるのならば、甲次郎にとってもそれでよかった。

甲次郎は岩田に挨拶をするのもそこそこに、部屋を出た。

店を出るまでは岩田の配下が甲次郎に付き添い、そのあとは一人になった。

店の者に渡された提灯《ちょうちん》を手に、ゆっくりと若狭屋への道をたどった。

店はすでに閉まっている時間で、勝手口から声をかけると、賄《まかな》いの女中が戸を開けてくれた。

女中に提灯を渡し、甲次郎はそのまま離れに向かおうとした。

「あの……」

女中が甲次郎を呼び止めた。

「なんだ」

不機嫌な声で返した甲次郎に、女中は困ったように口ごもった。

特に用事もないのかと甲次郎は舌打ちして踵《きびす》を返した。

そのとき、誰かが賄いに入ってきた。

「おまつさん、お酒のおかわりお願い……」

言いかけた言葉が途切れた。

甲次郎を見つけて、息をのむのが判った。

甲次郎も目を見張った。

「甲次郎さん」

同じように目を丸くして立ちつくしているのは、千佐だった。

とっさに、甲次郎は言葉を見つけられなかった。

千佐が泣きそうな顔をした。

「甲次郎さん、怪我したて聞いたけど」

「あ、ああ」

なんでそんなことを知っているのかと驚くと同時に、昼間の信乃との会話を思い出した。

あれは本当だったのだ。

千佐は帰ってきた。

富田林など半日あれば行ける場所だと信乃は言っていたが、本当にたったそれだけで帰ってきたのだ。

「たいした怪我じゃねえよ」

甲次郎は言った。

それから、甲次郎は千佐の肩に手を伸ばした。

「帰ってきたんだな」

はい、と千佐はうなずいた。

そのままうつむいて泣いているようだった。

女中が居場所に困ったようにその場から去るのが目の端に見えた。

「心配かけて悪かった」

甲次郎は千佐の肩を引きよせた。

第五章　対　決

一

翌朝、甲次郎は久しぶりに千佐の声で目を覚ました。

千佐は庭に降りて散り始めた桜の花びらなど掃《は》いていたようで、奉公人と挨拶《あいさつ》を交わす声が離れにも聞こえてきたのだ。

たった一月ばかり離れていただけなのに、甲次郎にはひどく懐かしかった。

朝食をとりに母屋に出向くと、信乃が台所で賄《まかな》いの女中と話をしているのに出くわした。

「おはようございます、兄さん」

信乃の声も、甲次郎にはいつもよりも弾んで聞こえた。

「やけに機嫌がよさそうじゃねえか」

「千佐ちゃんが戻ってきてくれはったから当たり前。兄さんと同じ」

そういった信乃の声には屈託がなかった。

若狭屋の店は相変わらず忙しくしていたから、千佐が戻ってきたことは番頭や手代たちにも喜ばれた。

昼過ぎには宗兵衛が得意先に挨拶に行くと言って信乃を連れて出かけたため、千佐は今まで信乃がやっていたように店に出て、客の相手をした。

甲次郎が帳場の奥から様子を窺《うかが》ってみたときも、千佐は馴染《なじ》みの客に声をかけられていた。

「千佐ちゃんやないの、帰ってきはったんやなあ」

「本当や。久しぶりや。どないしてはったん」

客も千佐の顔をよく知っていて、みな懐かしそうに声をかけた。

「お里でお嫁入りでもしはったかと思てたんやけど」

そう言ったのは馴染みの小間物屋の内儀だった。

「いえ、残念やけど、まだそんなええお話は……」

千佐は曖昧《あいまい》に笑ったが、小間物屋の内儀は出された茶を飲みながら遠慮のない大声で続けた。

「そやかて、もうええ歳やろ、千佐ちゃんも」

「ええ……」

「ええひとがおらんのやったら、うちが誰か探してあげるけど。まあうちが探さんでも、千佐ちゃんのことは若狭屋さんがきちんと考えてはるんやろなあ」

手代が広げてみせる着物を目を細めながら、内儀はなおもいろいろと千佐に話しかけた。

千佐はにこやかに笑いながら、相づちをうっている。

「ほなら、また。うちの店にも来てな、千佐ちゃん」

「へえ、必ず」

品物を連れの女中に持たせた内儀は、千佐に繰り返し念を押しながら帰って行った。

内儀を店の表まで送り出した千佐が店に戻り、空になった湯飲みを盆に載せ奥に戻ってきたところで、甲次郎は呼び止めた。

「昨日の今日で、もう客の相手か。大変だな」

「お店がこんなに忙しいやて思てへんかったから。もっと早くに戻ってきたらよかった」

千佐は甲次郎とは視線を合わせず、うつむきがちに微笑した。

昨日の夜は突然のことで互いに夢中だったが、一夜明けてみると、一月会わなかったことでどこかぎこちないものが残る気がした。

「向こうで何かあったのか。初めはもっと早くに戻るって話だったじゃねえか」

「別に……何も」

じゃあなんですぐに戻ってこなかったんだ、とは甲次郎には聞けなかった。

千佐も何かためらっているようだったが、思い切ったように言った。

「ただ、このまま若狭屋にずっといてもあかんのと違うかと思うようになっただけです」

「………」

「でも信乃の文を読んだら、一度はここに戻らんと、と思て。……甲次郎さん」

千佐は甲次郎に向き直った。

「お話ししたいことがあるんですけど。今、かまへんやろか」

「今か……」

甲次郎は店の方に目をやった。

店にはまだ客が入ってきている。

「親父と信乃が戻ってからのほうが手が空くんじゃねえのか」

ついそう言ってしまったのは、信乃のいない間に千佐と二人で話をするのが、なんとなしに後ろめたかったからかもしれない。

「叔父さんが帰ってくる前にお話ししたいんです。長い話にはなりませんから」

千佐の声には張りつめた響きがあった。

「……判った」

「ほなら、離れに伺います」

千佐は甲次郎にうなずき、小声で言って、そそくさと台所に姿を消した。

店の方から廊下を歩いてきた若い手代を気にしたようだった。

若い手代は立ち話をしている甲次郎と千佐をじろじろと見た。

甲次郎は舌打ちし、離れに戻った。


千佐は甲次郎にだけ茶を入れて、離れに現れた。

「甲次郎さんの怪我、理由《わけ》はなんやったんですか」

「つまんねえ喧嘩に巻き込まれただけだ。信乃は文にいったいなんて書いていたんだ」

離れで、とは言ったものの、あらためて離れに二人きりになるのも気まずい。甲次郎は庭に降り、縁側に腰をかけた。

こうしていれば母屋の庭からも見えるし、奉公人たちに妙な勘ぐりをされることもない。

「喧嘩やて甲次郎さんは言うてるけど、嘘に決まってる、丹羽様も一緒になって隠し事してる、て」

「………」

「言えへんことやったら無理には聞きませんけど、もう二度と危ないことはせんといてください。信乃も叔父さんや叔母さんも、本当に心配してます。……もちろんうちも」

「判った」

甲次郎がうなずくと、しばらく千佐は無言だった。

「話ってのはそれだけか」

甲次郎は千佐の表情を窺った。

いいえ、と千佐は首を振った。

「甲次郎さん……最近、叔父さんとゆっくりお話ししはったこと、ありますか」

「いや」

宗兵衛とはあまり顔を合わせない日が続いていた。

「そうですか」

千佐は再び黙り込んだ。

「だから、なんなんだ、いったい」

甲次郎は焦《じ》れた。千佐は何を気にしているのか。

千佐は思いきったように口を開いた。

「叔父さんが……少し前から具合が悪いそうです」

「何だと」

「甲次郎さんの怪我のことを知らせてくれた信乃からの文に書いてありました。

このところほとんど何もおあがりにならへんし、ご自分ではどうもないて言うてはるけど、前に較べて疲れやすいみたいやて」

「……だが、さっきも信乃と普段通りに出かけたじゃねえか」

「寝込むほどのことはあらへんさかい余計に質《たち》が悪いて、昨日、信乃は言うてました。まわりから見たら顔色が悪いのも判るのに、ご自分は大丈夫やて言うて休んでくれへんし、お医者も呼ばんでええ、て意地はって。そやけど、信乃は心配してます。叔父さんももうええ歳やし、無理はきかへんはずやて」

甲次郎は黙り込んだ。

予想もしていなかった話だった。

甲次郎は宗兵衛の顔を思い浮かべてみた。確かにこのところ、疲れた様子だとは思っていたが、そこまで深刻に心配したことはなかった。

ただ単に、心労がたまっているのだろうとしか思っていなかったのだ。

「番頭さんと叔母さんとで、少し商いのことから離れてゆっくりしたほうがええ、て叔父さんに言うてみたそうです。そやけど叔父さんは、自分は若狭屋の主なんやからて言わはって。そんなこともあって、番頭さんは……そろそろ若狭屋のこれからのことも、本気で考えなあかんのと違うかと思てるみたいで……信乃もいつまでもこのままではあかんから、て言うて……」

千佐は言葉を詰まらせた。

甲次郎には言われなくても千佐の胸中が判った。

千佐はこのことを知らされて若狭屋に戻ってきたのだと甲次郎は悟った。

甲次郎の怪我を案ずる気持ちはもちろんあっただろう。

だがそれ以上に、世話になった若狭屋宗兵衛が病《やまい》に冒《おか》されたかもしれず、一人娘の信乃が店の行く末を案じているとなれば、千佐としては放ってはおけなかったはずだ。

跡取りとなる甲次郎と信乃の祝言を自分が邪魔しているのかもしれないと千佐は考えたに違いない。

それがどれだけ千佐を苦しめていたかと思うと、甲次郎はたまらなかった。

同時に、自分の親不孝をも思い知った。

宗兵衛が商いを休む暇もないのは、跡取りがしっかりしていないからで、番頭としては、焦《あせ》りも苛立《いらだ》ちもあるのだろう。

思い出してみれば、番頭の五兵衛はこのところ煩わしいほど、甲次郎に商いのことを覚えてほしそうにしていた。遠回しに甲次郎に意見してきたこともある。

五兵衛の気持ちは甲次郎にも理解できた。

若狭屋の二代目になるのが誰かは昔から決まっていたことで、店の者はみな甲次郎を跡取りとして見ている。

そんななかで、甲次郎はふらふらと気ままに暮らし続けていたのだ。

「叔父さん、今、信乃と一緒にお医者さまのところに行ってはります」

「そうか」

甲次郎は深く息をついた。

「店にお医者を呼ぶと大袈裟になるて嫌がらはるさかい、信乃が無理矢理にでも連れていく、て言うて二人で秀哲先生のところに……」

「……おい、今なんて言った」

甲次郎は千佐の言葉を途中で遮《さえぎ》った。

「え？」

千佐は怪訝《けげん》そうに聞き返した。

「そやさかい、二人で秀哲先生のところに……」

「あの医者、行方が判らねえって話じゃなかったのか」

「え。でも、昨日、店に来てはったけど」

千佐は甲次郎の見幕にためらいながら言った。

「うちが若狭屋に着いたのは日暮れ前でしたけど、そのときにちょうどお店に先生がいらしてて、しばらく留守にしていたけれど明日からはまた家にいるて言うて……」

「冗談じゃねえ」

秀哲は一両日中に始末する、と言った岩田の言葉が甲次郎の耳には残っている。

秀哲をかばう者には容赦しないとも、岩田は言ったのだ。

もしも信乃と宗兵衛が秀哲の屋敷にいるときに、岩田の手の者が現れたらどうなるか、考えるといてもたってもいられなかった。

甲次郎は立ち上がった。

「甲次郎さん、秀哲先生が何か……」

「千佐」

甲次郎は厳しい声で千佐を呼んだ。

「おれはこれから秀哲先生のところに行く。おれが親父と信乃を連れて帰るまで、お前は店から出るな。いいな」

「え、でも……」

話の途中だったのに、と千佐は納得がいかない様子だ。

「いいから言われた通りにしろ」

甲次郎は怒鳴った。

それから、すまない、と言い足した。

「話はまた後だ。今は、それより先に片づけなけりゃならないことがある。けどな……」

甲次郎は縁側に歩み寄ってきた千佐の手をとった。

千佐がびくりと身をすくませたのが判った。

「これだけは言っておく。おれは親父もこの店も大事だ。けどな。今のままで若狭屋を継ぐ気はおれにはねえ。信乃と夫婦になる気もねえ」

「甲次郎さん」

「もっと早くにはっきりさせておくべきだった」

「そやけど……」

「そやけど何だ。千佐はおれに信乃と夫婦になって欲しいのか」

千佐はうつむいて動かなかった。

はいともいいえとも言わず肩を震わせている千佐を、甲次郎は黙って見た。

「……親父とお袋には、おれから話す。若狭屋のことも、おれがなんとかする。お前が心配する必要はねえ」

泣くな、と甲次郎は言った。

それは昨夜からずっと考えていたことだった。

千佐は若狭屋に帰ってきてくれた。自分の前にもう一度、姿を見せてくれた。ならば、もう迷っている場合ではないと甲次郎は決めたのだ。

「泣いてません」

千佐が言い返した。

確かに、こちらをまっすぐに向いた目には涙はなかった。

千佐らしいと甲次郎は微笑した。

「判った。ならいい。今はここで待ってろ。お前は誰が来ても外に出るなよ」

「……はい」

千佐が小さくうなずいた。

甲次郎はそれ以上の説明はせず、そのまま庭を突っ切って店を飛び出した。

二

北久宝寺町の秀哲の屋敷まで、甲次郎は立ち止まることなく走った。

(信乃のやつ、なんでおれの言うことをきかなかった)

秀哲には近づくなとあれほど言ったのに、と思うと、甲次郎は腹立たしかった。

だが、信乃を責めるのは筋違いだと判ってもいた。

信乃は父親の体を案じていただけなのだ。

それを甲次郎に告げられなかったのは、宗兵衛が病であると告げることが、そのまま甲次郎に跡取りとして覚悟を促すことになるからだ。自分と早く祝言をあげろと迫ることになるからだ。

だから信乃は言えなかった。

（おれが親父のことをちゃんと気にしていれば）

養子だろうとなんだろうと、甲次郎は若狭屋の倅《せがれ》だった。宗兵衛は父親なのだ。

倅として、父親の病に気づかずにいたことが悔やまれた。

甲次郎は息を切らしながら秀哲の屋敷の前にたどりついた。

屋敷はしんとしていた。

なかで変事が起きている様子もない。

間に合ったか、と甲次郎は安堵した。

大坂城代の手の者がことを起こすといったところで、さすがに昼日中には何もできないのかもしれない。

宗兵衛と信乃がまだ屋敷の内にいるようであれば、すぐに二人を連れて帰らねばならなかった。

そのとき秀哲に何を言えばいいのかと、甲次郎はそこで初めて考えた。

お前の命を狙っている者がいる、ここから立ち去ったほうがいいと伝えるべきなのか、それとも何も言うべきではないのか、迷った。

岩田惣右衛門が昨日甲次郎に告げたことは、よく考えてみれば、うかつに他言はできないことばかりだった。

町奉行所同心朝岡道之助が城に届けようとしていた書状は他見をはばかる内容であったことや、それを横取りされたことから今回の騒ぎは始まっているのだということはもちろんだが、堀井秀哲という市井の蘭方医を大坂城代の公用人が命じて殺すなど、他に知られてはならない話だった。

だが、それを岩田惣右衛門は甲次郎に話した。

甲次郎が堀井秀哲の仲間ではないと信じたからだろう。

ここで秀哲に身の危険を忠告してやったとしたら、甲次郎は岩田を裏切ることになる。

岩田を裏切るということは、大坂城代酒井讃岐守を裏切ることでもあった。

だからといって秀哲を見殺しにするのも、甲次郎にはためらわれた。確かにうさんくさい男ではあったが、甲次郎は堀井秀哲という男が嫌いではなかった。
二、三度しか話をしたことはなかったが、悪人には見えなかった。少なくとも、信乃の体を治してくれた恩人である。
（だが人殺しでもある）

自分に敵対するものは容赦なく殺している男だと思い出した。

今のうちにここから逃げろと秀哲に教えてやるべきかどうか、甲次郎は迷いながら門をくぐった。

秀哲は取り次ぎの下男などは雇っていなかったはずだと思い出し、玄関から声をかけようとしたが、そこで甲次郎は屋敷の戸が開いたままであることに気づいた。

玄関には見覚えのある下駄があった。宗兵衛のものだ。

だが、女ものの下駄はなかった。

甲次郎の背にひやりとしたものが流れた。

「秀哲先生。おられますか」

甲次郎は低く呼びかけた。
応えはなかった。
甲次郎は下駄を脱ぎ、警戒しながら屋敷の内に上がった。
秀哲のほかには奉公人はいないはずだが、油断はできない。
本当に秀哲が公儀の隠密だとしたら、仲間がいると考えたほうがいい。
廊下から、以前に信乃と二人で通された座敷に入った。
人影はない。
甲次郎は台所にまわった。
そこにも人の姿はなく、もぬけのからかと息をついた瞬間、何かが動く気配があった。
台所の外からだ。
甲次郎は裸足《はだし》で土間に降りた。
「……父さん」
そこで甲次郎が見つけたのは、土間に横たわる養父の姿だった。
宗兵衛は気を失っていた。
「父さん。父さん」

土間に膝をついて抱き起こし、甲次郎は宗兵衛を呼んだ。

「……甲次郎か」

宗兵衛はゆっくりと目を開け、咳《せ》き込んだ。

「いったい誰がこんなことを」

甲次郎は声を荒げた。

問わなくとも判っている気はしたが、可能性は一つではない。

宗兵衛はしばし頭を押さえ、自分に何が起こったのか思い出そうとしている様子だったが、すぐに、ああと悲痛な声をあげた。

「信乃が……」

「信乃がどうしたんです。信乃はいったいどこに」

「秀哲先生と話ししとったら、武士が三人やってきて……書状を渡せとかなんとか言うて、先生と揉《も》め始めたんや」

「書状……」

あの書状だと甲次郎は思った。

堀井秀哲が奪い取った大坂城代宛の書状だ。

そこにすべての発端があった。

「儂《わし》は何が何やら判らんと、ただ驚いてしもて……信乃を連れて逃げようとした。そうしたら、いきなり殴られた。信乃がどうなったのかは判らん」

「武士だけでしたか。もしや、あの大坂城代の奥女中が一緒だったのでは」

「判らん。けど、そういえば、気ぃ失う前に、かすかに女の声を聞いた。信乃の声とは違う声や。あの奥女中の声に似てたかもしれん」

やはり、と甲次郎は歯がみした。

「信乃はそいつらに連れて行かれたんですね」

「人質に連れて行くて奴等が言うとった。秀哲先生は、信乃には手ぇ出すな、て言うて……」

信乃は秀哲の動きを封じるために使われたのだ。

堀井秀哲は、敵対するものを容赦なく殺す男だったが、信乃のことは守ろうとした。

そこを狙われた。

「儂は信乃を取り返そうとして、また殴られて、そのまま目の前が暗《くろ》うなって……」

宗兵衛の顔は蒼白だった。

大事な一人娘を目の前で連れ去られたとあっては、平静ではいられまい。

「立てますか」

甲次郎は宗兵衛に手を貸し、土間に立たせた。

「とにかく、早くここを離れたほうがいい」

「おい、誰かいるのか」

いきなり別の声が背中から聞こえた。

屋敷に誰か入り込んできた様子だった。

慌《あわ》てた足音がする。

甲次郎にはそれが誰かすぐに判った。

「祥吾、こっちだ」

甲次郎は叫んで声の主を呼んだ。

「甲次郎……いったい何があったんだ」

現れた祥吾は、後ろに一人、若い手先を連れていた。

祥吾がもっとも信頼している手先の伊蔵はまだ先日の怪我が癒《い》えておらず、お役目には復帰できていないはずだが、自分の代わりにと伊蔵が若い手先を二、三人祥吾につけたとは甲次郎も聞いていた。

甲次郎に支えられて立つ宗兵衛を見て、祥吾は眉《まゆ》をひそめた。

「お前こそ、なんでここにいる」

「屋敷はこの数日、手先に見張らせていた。お前が斬られたとき、堀井秀哲がちょうどその場に現れたのが、後から考えればどうにもうさんくさい気がしたのだ」

「なるほどな」

さすが祥吾だ、と甲次郎はうなずいた。

「で、何があった。手先の話では、秀哲と信乃殿に似た娘が武士に連れられて行ったとの話だったが」

「それは間違いなく信乃だ。連れて行かれたんだ」

「なんだと。なぜ信乃殿が」

祥吾の顔色が変わった。

「たまたま来ていて巻き込まれたんだ。秀哲を狙う奴らに連れて行かれた」

「秀哲を狙う奴らだと。堀井秀哲という男はいったい何者なんだ。甲次郎、お前、知っているのか」

「堀井秀哲は公儀隠密だ。間違いあるまい」

「なに」

祥吾は眉根を寄せた。

甲次郎の隣で宗兵衛は目をむいた。

「なんやて。あの先生が」

「しかし甲次郎、お前はどこでそれを知った。本人が話したのか」

「大坂城代の公用人がそう言ったのだ。はっきり言ったわけではないが、そういうことだとしか考えられない」

「御城代の？　なぜそんな方がお前に……」

「そうや。お前、いったいなんで……」

祥吾も宗兵衛も口を揃えて甲次郎に尋ねた。

「話はあとだ。信乃を連れ戻すのが先だろう」

甲次郎は怒鳴った。

「そんなことは判っている。だがどこに連れて行かれたのか判らんでは追いようがない。手先の千太がつけていったはずだが、戻るのを待ってからでは遅すぎる。お前が何か知っているなら早く話せ」

甲次郎の襟を摑《つか》み、祥吾は怒鳴り返した。

　甲次郎が思わず息をのむほどの見幕だった。

「……連れて行ったのは城代の手の者だ。始末するとは言ったが、この屋敷でことを起こせば後が面倒になる。あるいは……城代屋敷の中に連れ込む気かもしれん」

　大坂城代は、大坂城玉造口《たまつくりぐち》のすぐ南に城代屋敷を持っている。大坂城の東西から南側に広がる武家屋敷地の中央に位置する広大な屋敷である。

　だが、そのほかに、錫屋《すずや》町の東、武家地の西のはずれに下屋敷もあった。

「下屋敷ならば、ここからさほど離れてはいないな」

　北久宝寺町からならば、東横堀川を越え、まっすぐに東に向かった辺りになる。

　祥吾は甲次郎から手を放し、後ろにいた手先に言った。

「おれはこれから下屋敷に行く。お前は千太が戻るまでここで待っていろ。千太が戻って秀哲と信乃殿が他の場所に連れて行かれたと判ったら、すぐに下屋敷に来い。おれに知らせろ」

「おい祥吾」

　甲次郎は早口で矢継ぎ早に命令を下す祥吾に、横から言った。

「お前は東町奉行所の同心だ。たとえ探索のためだとしても、城代の下屋敷は支配違いだろう。あまり無茶をすると……」

「かまわん」

祥吾は甲次郎から顔を背けるようにして応えた。

「信乃殿を助けられればいい」

「しかし……」

「丹羽様」

そこで宗兵衛が口をはさんだ。

「お願いいたします。どうか信乃を……信乃を助けてください」

宗兵衛の声は震えていた。

深く深く頭を下げる父親を、甲次郎はいたたまれない思いで見つめた。

三

「甲次郎」

東横堀川にかかる農人橋《のうにん》の上を走りながら、祥吾が言った。

「堀井秀哲が公儀隠密だとしたら、やはり朝岡殿を殺し、大坂城代宛の書状を奪ったのは……」

「秀哲だろう。あるいは仲間がいるかもしれねえが」

秀哲が大坂城代の動向を見張るために入り込んでいた公儀隠密ならば、一人きりとは思えなかった。

祥吾は黙った。

それ以上、何も話さず、二人は城代の下屋敷にひたすら走った。

陽は空に高く、のんびりとした春の昼下がりに、血相を変えて走る二人の男に、往来の者が奇妙な目を向けた。

武家地と町場の境目に、南組の惣会所がある。

その屋根が見え始めたあたりで、行く手から駆けてくる男がいた。

男は祥吾の姿を見つけて声をあげた。

「旦那、えらいことや」

「どうした千太。秀哲はどこに行った」

「斬り合いが……向こうで」

千太は狼狽《うろた》えて言葉がつながらない様子だった。

「どうした、落ち着け」

「あの医者を連れたお侍衆がご城代様の下屋敷に入ろうとしたとこで……なんや町人の恰好した別の奴らが現れて、いきなり斬り合いになって……儂、どないしてええんか判らんで」

千太の顔は真っ青だった。まだ若い手先は、目の前で始まった騒ぎに狼狽え、一人だけ逃げてきたらしい。

「医者はどうした。信乃殿は」

「医者も一緒になって……」

「秀哲の仲間が助けに来たってことじゃねえのか」

「千太」

祥吾が千太に命じた。

「惣会所に駆け込んで、城代下屋敷が火事だと言え」

「は？　火事……で」

「斬り合いだなどと言えばみな怯《おび》えるだけだ。火事だと言え。人を集めろ。斬り合いを止めるにはそれしかない」

なるほどと甲次郎はうなずいた。

城代の配下と公儀隠密が斬り合いになったとして、それを止めるには人を集めるのがいちばんだ。

町奉行所同心の祥吾が止めに入ったところで聞く相手ではなかろうが、町の者の目は怖《こわ》いはずだ。

「……へ、へえ。判りました」

千太はうなずいて、すぐに叫びながら駆け出した。

火事だ、火事だと叫んで惣会所に駆け込む千太を横目で見ながら、祥吾と甲次郎は再び走り出した。

城代屋敷のすぐ側で斬り合いとなれば、考えるまでもなく、城代の手の者に有利だ。いくらでも加勢を呼ぶことができる。

それでも助けに来たということは、堀井秀哲と、秀哲の持っていた書状は、城代を見張る者たちにとってそれほどに重要なものだということだ。

いったいそこには何が書かれていたのか、甲次郎は初めて、それを知りたいと思った。

城代のことなどどうでもいい、公儀だの何だのと言われても自分には関係がないと思っていた甲次郎には、そこまでして奪い合わねばならないものが何なのか、思い及ばなかった。

（世の中がひっくりかえるような書状……）

菊江はそう言っていた。書状の内容を菊江は知っているはずだ。当然秀哲もだ。

城代屋敷の白壁が見えた。

「……信乃殿！」

祥吾が声をあげた。

長く続く屋敷の白壁の前で、斬り合いはなおも続いていた。秀哲と、その両側に二人の町人が刀を構え、回りを囲む八人を相手に斬り結んでいた。

町人の身なりをしているが、秀哲と同じく公儀隠密に間違いないと思われた。

菊江の姿も見えた。

驚いたのは、その場に岩田惣右衛門の姿があったことだった。

岩田は甲次郎に気づき、目を細めた。

菊江は岩田を守るように側に張り付き、秀哲を囲む武士たちに何かを命じていた。

信乃は白壁に身を寄せ、斬り合いのなかから逃げ出すこともできず、蒼白な顔で立ちすくんでいた。

祥吾の声にはっと顔をあげた信乃は、甲次郎と祥吾を見て叫んだ。

「祥吾様……兄さん」

そのまま駆け出そうとする信乃の行く手を、菊江が阻んだ。

信乃の腕を摑み、引き寄せようとする。

その菊江に駆けよって斬りつけたのは秀哲だった。

菊江は信乃の手を放し、両手で小刀を握り秀哲の刃を受けた。

秀哲は菊江の刀をはじき飛ばし、怯えてその場に崩れ込んでいた信乃に駆け寄った。

「行きなさい」

秀哲が信乃を抱き起こし、逃げるようにと手で示した。

信乃が一瞬ためらいを見せた。

「早く行きなさい」

再び秀哲が言い、その後、信乃に何かささやいたように見えた。

「信乃」

「信乃殿」

甲次郎と祥吾が信乃のもとに走った。

「祥吾様。兄さん」

甲次郎が駆け寄ってきた信乃を抱き留め、祥吾は二人をかばうように刀を抜いた。

「……町方役人が何の用だ」

武士のひとりが祥吾に気付いてわめいた。

「町方の出る幕ではない、去れ！」

「武家地といえど往来での刃傷は見逃せませぬ」

祥吾が低く言った。

「祥吾、やめろ」

甲次郎は祥吾の名を呼んだ。

「関わるな」

今この状況で争いに加わっても意味はない。

甲次郎にとっては目の前の争いなどどうでもよかった。信乃さえ救えればそれでいい。大坂城代と公儀隠密との争いに巻き込まれたくなどなかった。

だが、祥吾は言った。

「朝岡殿はこいつらに殺されたのだ」

「祥吾……」

「わっ……」

斬り合いの場でかすれた悲鳴があがった。

秀哲をかばっていた町人のうち、一人が斬られたのだ。

もう一人も、すでに片膝をついていた。

立っているのは秀哲一人だけだ。その秀哲も、右腕に血がにじんでいる。

「そろそろ諦めることだね、秀哲」

菊江が低く言い、岩田の側を離れ、秀哲に歩み寄った。

秀哲は覚悟を決めたように小さく笑った。

刀を持った武士が両脇から秀哲に近づいた。

甲次郎は目を見張り、血まみれの刀を手にした秀哲を見つめた。

「先生」

信乃が悲鳴をあげた。

「信乃さん」

秀哲が信乃のほうに顔を向けて言った。

「いいから、それを持って逃げなさい。早く」

信乃がはっとしたように袂をおさえた。

「何だって。どういうことだい」

菊江が信乃を振り返った。

驚いたのは菊江だけではなく、甲次郎も祥吾も同じだった。

「信乃、お前……」

「これ……」

信乃が袂を押さえたまま狼狽えたように甲次郎を見た。

「お前、あいつに何か……」

言いながら、甲次郎は先ほどのことを思い出した。秀哲が信乃を助け起こしたときだ。あのときに秀哲は、信乃に何かささやいたように見えた。何かを渡したとしたら、そのときかもしれない。

その場の誰もが視線を信乃に向けた。

岩田の配下の武士たちも、秀哲に向けていた刃を甲次郎たちの方に向けた。

菊江の目も完全に信乃に向けられた。

秀哲が動いたのは、そのときだった。

秀哲は手にしていた刀を菊江の背に投げつけると同時に、手負いとは思えぬ動きで岩田に走り寄り、その喉に左手に握った針を突きつけた。

「岩田様」

菊江が悲鳴を上げた。

秀哲は言った。

「公用人殿。手の者にお命じなさい。武器を捨てて屋敷のなかに引き上げるようにと。町の者の目の前でこれ以上刃傷沙汰を続ければ御城代の名に傷が付きますぞ」

岩田は表情を動かさなかった。

喉元に突きつけられた針にも怯えることはなく、かすかに眉をひそめただけだった。

菊江も、武士たちも動かなかった。

「それしかないでしょう、この惨状を始末するには。お退きなさい。公用人殿がこの場は退くと仰《おお》せになれば、あの書状はこの場で破り捨てて差し上げる。それで手打ちにしましょう」

「……それではおぬしの務めが果たせぬのではないのかな」

「ここまで騒ぎになった時点で、隠密の役目としてはしくじったようなもの。町の者にまで正体が知られたようでは」

秀哲が甲次郎や祥吾をちらりと見た。

「信乃殿」

秀哲は信乃を呼んだ。

「利用して悪かった。ただこの者たちの目をくらますことができればと思ったのですがね。そう甘くはなかったようだ。いいから、その書状を持ってこちらにおいでなさい。私がそれを、公用人殿の前で破り捨てる」

「……けど」

「早く」

「おれによこせ」

信乃が恐る恐る袂から取り出した書状を甲次郎は取りあげた。

信乃に物騒な役目をさせるわけにはいかない。

甲次郎は書状を手に、岩田と秀哲のほうに歩き出した。

「いったい何が書いてあるんだ、ここには」

小さく折りたたまれた書状だった。

このために何人もの命が奪われた。

「それほどに大事なことが書いてあるわけか」

数歩の距離をあけて立ち止まり、甲次郎は言った。

「大したものではありませんよ」

秀哲が静かに言った。

「長崎奉行と大坂城代が手を組んで、幕府の目を盗んで西国の大藩と密に情報のやりとりをしている……それが判るだけです」

「それで世の中がひっくり返るのか？　おれにはとてもそうは思えねえ」

「いいえ、世の中をひっくり返すのは、もう一月も前にこの国にもたらされたある知らせです。その知らせを大坂城代は自らの判断で西国の大名らに知らせている。それは困ると江戸の方々は思っているのですよ」

「……秀哲」

岩田が苛立ったように秀哲を呼んだ。

「余計なことを話すな」

「余計なことと仰せですか。しかし、余計なことを一部の大名や雲上の方々に勝手に伝えているのはどこのどなたです。あなた方の主君大坂城代酒井讃岐守殿ではないですか。それは将軍家にたてつく行いだと判っているはずだ。いいですか。あなた方のように勝手に異国との戦の準備だのなんだのと西国の大名たちを扇動されては困るのですよ、それは将軍家が定めること。そして将軍家は、今はまだ、その時ではないとお考えだ」

「将軍家ではなかろう、将軍家のまわりにいる臆病者たちだ。あの者たちが、将軍家に異国への備えをさせぬようにと……このままでは我が国の危機だというのに」

岩田が声を張り上げた。

喉元に針が突きつけられているのにもかまわず、秀哲の腕に摑みかかろうとした。

その一瞬に、秀哲に隙が生まれた。

今度は菊江が動いた。

手にした小刀を秀哲に投げつけた。秀哲はそれを避けながら左手から針を放った。

声にならない悲鳴をあげたのは菊江のほうだった。

甲次郎は菊江の喉に針が深々と刺さるのを見た。

「てめえ……」

甲次郎は叫んだ。

「……火事や」

「おい、火事はどっちや」

そこで、大声とともに何人かの足音が近づいてきた。

千太だった。

祥吾に言われた通りに町の者たちを呼んできたのだ。

秀哲が身を翻《ひるがえ》し、甲次郎を突き飛ばすようにして、千太や駆けつけてくる近所の者たちのほうに駆け出した。

そのまま人に紛れて逃げるつもりだ。

「待て」

甲次郎は書状を手にしたまま追おうとした。

「逃がすか」

刀を手に秀哲の前に立ちはだかったのは祥吾だった。

「朝岡殿の仇だ」

祥吾の刀が振り下ろされた。

秀哲がぐらりと体を傾けた。

しかし、次の瞬間、駆けつけてきた町人たちの後ろから、馬に乗った黒装束の男が現れた。その男は、秀哲と同じ針のようなものを、素早い動きで祥吾に投げつけた。

祥吾はそれを刀ではじいた。

みなが一瞬、動きを止めた。

黒装束の男は秀哲を馬に担ぎ上げ、そのまま甲次郎たちの方に走ってくる。

「避《よ》けろ」

甲次郎は信乃に叫んだ。

岩田は唖然《あぜん》として馬を見送った。

秀哲を担ぎ上げた馬は、城代屋敷を通り過ぎ、隣接する京橋口定番屋敷のほうに消えていった。

「おい……」

「逃がすな」

秀哲の仲間が助けに来たのだと武士たちは我に返り、慌てて追おうとした。

「追うてはならぬ」

命じたのは岩田惣右衛門だった。

甲次郎だけではなく、その場にいた武士たちにも聞こえる声で言った。

「あれはもう死んでいたはずじゃ。そこの町方役人が傷を負わせた」

「しかし……」

「書状は戻ったのじゃ。それでいい」

岩田は甲次郎の手にある書状を見ていた。

「しかし……」

「もうよい。公儀隠密を殺したとなれば後始末にも困るところを亡骸を持って行ってくれたと思えばよい。これでよいのじゃ。……おぬしに何かあれば、殿に申し訳がたたぬ」

最後のひとことは、甲次郎に向けられたものだった。

甲次郎は呆然《ぼうぜん》と岩田を見た。

岩田は甲次郎にはそれ以上言わず、地面に倒れたまま動かない菊江のかたわらに立った。

「この者を城代屋敷のなかへ」

岩田は駆け寄ってきた武士に命じた。

「今回のことはすべて家中のことゆえ、余計な口出しは無用。よいな」

祥吾に向けた言葉だった。

甲次郎はそのときようやく、祥吾が信乃を守るようにずっと側についているのに気づいた。

秀哲の仲間が現れたとき、祥吾は同僚の仇を追いつめることよりも、信乃を守ることを選んだのだ。

信乃はそんな祥吾にしがみつくようにして、震えていた。

信乃の細い指が祥吾の袖をきつく握っているのが見えた。

「その書状を渡してもらえるか。殿にとって大事なものだ」

岩田が再び甲次郎に目を向けた。

甲次郎が殿にとって不都合になることはすまいと信じている顔だった。

甲次郎は手にある書状を見た。

何人もの命を奪った書状だった。

それがあるべき場所に戻ったからといって、失われた命は戻ってはこない。

甲次郎は書状を岩田の顔の前に突きだし、怒りのままにそれを二つに引き裂いて、岩田の足下に叩きつけた。

四

堀井秀哲の姿は、その日以来消えた。

あのまま死んだのか、生き延びたのか、判らない。

生きているのではないかと甲次郎は思っていた。

祥吾が負わせた傷が致命傷だったとは思えない。

屋敷はその後しばらく無人のままだったが、やがて女浄瑠璃《じょうるり》の師匠だという年増の女が住み始めた。

甲次郎が町会所でそれとなく訊いてみたところによれば、秀哲の名で家主に文が届き、もう大坂に戻る気はないと書かれていたとのことであった。

「なんや、妙なことに巻き込まれはったんと違《ちご》たらええねんけど……」

人のいい家主は突然姿をくらませた店子のことを心配していた。

「秀哲先生がおらんようになった後、屋敷に何人もの武士があがりこんで、家捜ししてたらしいんや。何があったんか気になってな」

家捜しをしていたのは城代の家臣に違いないと甲次郎は思った。

秀哲が公儀隠密であったなら、住んでいた屋敷には、何か残されていたかもしれない。城代としては気になるところだろう。

「結局、この本、返せへんかった……」

若狭屋では信乃が、秀哲から借りたままの書物を見ながらぽつりとつぶやいていた。

騒ぎから十日ほど過ぎた頃、甲次郎は祥吾の屋敷を訪れた。

「大坂城代と江戸の公儀との確執は、今に始まったことではないようだ」

お役目で忙しい祥吾が屋敷でくつろげるのは夜になってからのことで、甲次郎は夕方まで了斎の道場で汗を流してから、手土産を持って祥吾の屋敷にやってきたのだ。

手土産は了斎に分けてもらった伊丹の酒で、祥吾も今度は、飲まぬとは言わなかった。

相変わらず殺風景な部屋で甲次郎と向かいあい、

「朝岡殿は、結局、お役目の途中での不慮の死であったとして、ようやく葬儀も執り行うことができた」

書状が手元に戻ったことで大坂城代も安心したのか、朝岡の死を公にすることに、もう口ははさまなかったという。

「それで遺された方々が納得できるわけではなかろうがな」

「そうだな」

甲次郎はうなずいた。

秀哲が消えた日の城代下屋敷前での騒ぎも、また、表沙汰にはならなかった。

だが、往来で斬り合いになったうえ、大勢の町人がそれを見てしまっている。

さすがに町奉行所も放ってはおけず、城代屋敷にことの次第を問い合わせた。

「予想通り、家中のことゆえの一点張りだったようだがな」

それでも続け様に城代絡みの騒ぎが起こるようでは、町奉行所としても困る。

少々厳しく、

「以後、町の民をむやみに騒がせることのなきよう」

丁重《ていちょう》に申し入れたのだという。

大坂城代からは、十分に配慮するとの旨、回答があったという。

「あまりあてにならねえ話だな」

甲次郎のまぶたに、秀哲に殺された女隠密の姿がよぎり、消えた。

城代公用人の命令のままに動くだけだと言って死んでいった女だった。

菊江の死を、岩田惣右衛門は少しは痛みをもって受け止めたのか、甲次郎には確かめようがなかった。

あれ以来、城代屋敷の人間は若狭屋には来ていない。

「東町奉行所でも、いろいろと噂になっていてな。それによれば、大坂城代に対して公儀隠密が何かを仕掛けるというのは、そう珍しい話ではないようだ。先の御城代内藤紀伊守様も、ご着任直後にはいろいろとあったらしい」

「よく判らねえ話だな」

甲次郎は肩をすくめた。

「おかしな話じゃねえか、将軍家が自分で任命した相手だぞ。隠密に見張らせるくらい信頼できないのなら、そんな奴を選ばなきゃいいだろう」

「おれも、そう思う」

祥吾はうなずいた。

「まあ確かに、妙な立場なんだろうとは思うが」

大坂城は西国一の巨大な城だ。

その城を、江戸の幕府は譜代大名に任せきりにしているのだ。

難攻不落の城に入り、西国大名を見据え、長崎とのやりとりを仲介する。いざ大坂でことが起きれば、近隣の大名に出兵を命じるのも大坂城代であった。

「もしも大坂城代がその気になれば……江戸の将軍家に戦を仕掛けることもできるかもしれねえ。大坂城代は妻子まで連れて城に入っているんだ。怖いものもねえだろう」

「何を馬鹿な」

呆《あき》れたように祥吾は言った。

だが甲次郎には馬鹿なこととばかりとも思えなかった。

誰もがそんな馬鹿なと思うことであろうと、ありえない話ではない。だからこそ、公儀隠密なるものが、当たり前のようにこの大坂の町に潜り込んでいるのではないのか。

祥吾はお前の考えすぎだと首を振った。

「このご時世にそんな大それたことを考える大名がいるのなら、天下はとうに戦になっている。こうして泰平の世が続くはずがない」

「しかし、秀哲も菊江も、書状一つでこの世の中はすぐにひっくりかえるようなことを言っていたじゃねえか」

「お前、それを本気にしていたのか」

「祥吾はしていねえのか」

甲次郎は驚いて祥吾を見た。

「していない」

祥吾は憮然《ぶぜん》とした顔で言った。

祥吾は眉をひそめて言った。

「どれほど大事な書状であろうと、そんなものの一つや二つで世の中が変わることなど考えられん。奴等が大袈裟に言っていただけだ」

「……かもしれねえが」

「かもではなく、そうに決まっている。今の泰平の世はそうそう崩れはせん。そのためにこうしておれたちが日々、役務に励んでいるのだ」

祥吾はきっぱりと言った。

その口調がいかにも祥吾らしいと甲次郎は思った。

「確かにそうだな」

確かに祥吾の言う通り、この泰平の世がそう簡単にひっくりかえるはずがない。

甲次郎もうなずいた。

この年、嘉永《かえい》五年（一八五二）。

一年数ヵ月後には黒船四隻を率いてペリー提督が浦賀沖に現れ、この国の泰平の眠りは覚まされることになるのだが、甲次郎も祥吾も、このときはまだそれを知らなかった。

大坂城代と公儀隠密が奪い合っていたのがその情報をめぐる書状であったことも、後になって甲次郎はようやく知ることになる。

「泰平の眠りを覚ます上喜撰（蒸気船）」

そううたわれた異国船の来訪は、実は一年以上も前から幕閣には予告されていた。

ペリーがアメリカ合衆国の遣日艦隊司令官に任命されたのは嘉永五年の一月であり、それがアメリカが日本に対して武力を背景に開国を要求するための準備を開始したという意味だとは、オランダ政府から長崎阿蘭陀商館を通じて幕閣に、すぐに知らされていたのである。

しかしながら、長崎商館長から長崎奉行、大坂城代の手を経て江戸に届いたその情報を、当時幕閣に名を連ねていた者の多くは、本気で取り合わなかった。異国に対して武力で対抗する必要はなしとした。

情報を信じていなかったからなのか、あるいは異国に敵対する気がなかったからなのか、それは判らない。

ただ、その情報を幕閣とほぼ同時期に独自の手段で入手した薩摩藩などは、素早い対応をとった。江戸が海から攻められたときのため、江戸の藩邸を沿岸部の品川から内陸部の渋谷に移転させたのもその一環である。軍備にも力を入れた。

西国の大名たちは江戸よりも異国に対して危機感を抱いていたのだ。

(だがもしも……幕府が薩摩藩のように異国に対して危機感を募らせ、黒船を始めから敵として迎えていたなら)

この国にとって良い結果をもたらしたかどうかは判らない。幕府が無策に無防備に黒船を迎えたからこそ、この国は戦に巻き込まれずに済んだのかもしれないのだ。

秀哲はそう考えていたのかもしれないと甲次郎はそのときに思った。

……とはいえ、それはずっと後の話である。

「世の中がどうこうというよりは、もっと考えなければならないことがあるだろう」

「かもしれねえな」

このときの甲次郎や祥吾にとっては、まだすべてはどこか知らぬところで起きていることでしかなかった。

「いつまでもふらふらとしてもいられねえな、お互いに」

甲次郎が言うと、祥吾は何か言いたげに甲次郎を見た。

「なんだ」

「お前、若狭屋のことはどうするのだ」

「どうって、何がだ」

「いや……」

祥吾は言葉を濁した。

「お前こそ、どうするつもりだ」

甲次郎は問い返した。

「いつまでも独りでいるわけにもいかんだろう。嫁をとる気はないのか」

「……おれは」

祥吾はそこで、いったん息を継いだ。

「……考えていないこともない」

「相手がいるのか」

「好いた女はいる。だが……」

その続きを祥吾は口にはしなかった。

その後、言葉少なに、二人は酒を飲んだ。

甲次郎は戌の刻（午後八時頃）を過ぎたあたりで祥吾の屋敷を辞した。

強い風の吹く夜で、提灯の火を気にしながら若狭屋に帰ると、すでに店の戸は閉められていたが、潜り戸が中から開き、ちょうど誰かが外に出てくるところに出くわした。

「……これは宮永先生」

甲次郎はそれが誰か確かめると、眉をひそめた。

「まさか親父が何か……」

「いえ、たまたま近くで往診があったので、寄らせてもらっただけです。お父上はだいぶ良くなられましたな」

宮永という若い医者は、若狭屋で新しく来てもらうことになった蘭方医だった。

若狭屋宗兵衛が、あの騒ぎのあと、さすがに疲れがたまりすぎたようで、とうとう床についてしまったのだ。

医者を呼ぼうにも、かかりつけだった秀哲は行方が知れない。

甲次郎は宗兵衛の看病を信乃と千佐に任せながら、出入りの商人や近所の者に聞いて、近くに評判のいい医者がいないか探した。

結局、東横堀川の向こうにまで足を伸ばして甲次郎が見つけたのは、昨年まで適塾《てきじゆく》で緒方洪庵に教えを受けていた宮永という若い医者だった。

「とりあえず、この薬を毎食後に飲んで、しばらくの間は養生なさることです」

眼鏡をかけた若い医者は、初めて若狭屋に来たあと、薬を渡して言った。

「それで治るようならただの過労でしょうが……念のために、何日かおきに様子を見に参ります」

それから七日が過ぎ、宗兵衛はすでに昼の気分が良いときには帳場に出るほどに回復している。

このぶんだとじきにお元気になられますよ、と言い置いて宮永は帰っていった。若狭屋の手代のひとりが、提灯を持って付き添っていく。

「本当によかった。兄さんがいいお医者さんを見つけてきてくれはったおかげです」

医者の見送りに出てきた信乃が甲次郎に言った。

「そのくらいしかできねえからな。親不孝な倅で悪いと思っている」

風も強くなってきたから早く中に入れ、と信乃の肩を押すようにして甲次郎はうながした。

だが、信乃は立ち止まったまま、動かない。

「……兄さんよりも、うちのほうが親不孝です」

ぽつりと信乃が言った。

その声がやけに真剣な響きを帯びていて、甲次郎は思わず信乃を見直した。

信乃は泣きそうな顔をしていた。

その先を言わせるのが可哀相だと甲次郎が思うほどだった。

「甲次郎兄さん」

だが信乃は口を開いた。

「堪忍《かんにん》してください。うちには、兄さんより好きな御方がいます」

「……知っている。今、会ってきた」

信乃が顔をゆがめた。

その表情を見て、あるいは自分の推測は間違っていたのか、と甲次郎は一瞬思ったが、続いて信乃はもう一度、言った。

「堪忍してください。うちはずっと前から……」

その名前を口に出した拍子に涙がこぼれ、それに自分でも驚いたように、信乃は両手で顔を覆った。

ごめんなさい、ともう一度小さな声が聞こえた。

甲次郎は信乃に歩み寄り、頭を撫《な》でた。

幼い頃、時折兄貴ぶって同じことをしてやったものだった。

「判っている。若狭屋のことはおれが何とかする。お前は惚れた男のところに行けばいい」

「無理やわ、そんなこと」

思いの外に激しい口調で信乃はうつむいたまま首を振った。身分違いやし、と声が聞こえた。

関係ねえだろう、と言いかけて、甲次郎は口をつぐんだ。

確かに祥吾は武士で、信乃は商家の娘だった。

それだけではない。

甲次郎は改めて生まれ育った店を見上げた。

宗兵衛とお伊与が、信乃と千佐が、大事に守ってきた店だった。

信乃はこの店の一人娘なのだ。
板塀の向こうでは、花の盛りの終わった桜が、青い葉を茂らせ始めている。
小さく千佐の声が聞こえた。信乃はどこに行ったのかと探している。
「中に入るぞ。千佐が呼んでいる」
甲次郎はもう一度、信乃をうながした。
信乃がかすかにうなずいた。

この作品は双葉文庫のために書き下ろされました。

双葉文庫

つ-08-03

甲次郎浪華始末《こうじろうなにわしまつ》

雨宿《あまやど》り恋情《こいなさけ》

2005年7月20日　第1刷発行

【著者】
築山桂《つきやまけい》

【発行者】
佐藤俊行

【発行所】
株式会社双葉社
〒162-8540 東京都新宿区東五軒町3番28号
[電話]03-5261-4818(営業) 03-5261-4833(編集)
[振替]00180-6-117299
http://www.futabasha.co.jp/
(双葉社の書籍・コミックが買えます)

【印刷所】
株式会社亨有堂印刷所

【製本所】
株式会社ダイワビーツー

【表紙・扉絵】南伸坊
【フォーマット・デザイン】日下潤一
【フォーマットデジタル印字】飯塚隆士

ISBN4-575-66213-5 C0193

井川香四郎
洗い屋十兵衛　江戸日和
恋しのぶ
長編時代小説〈書き下ろし〉

辛い過去を消したい男と女にも、明日を生きる道は必ずある。我が子への想いを胸に秘めて島抜けした男の覚悟と哀切。シリーズ第二弾。

岩切正吾
大石兵六　勤番江戸暦
仇討ち橋
長編時代小説〈書き下ろし〉

敵討ちの助太刀を頼まれた大石兵六が巻き込まれた、時期将軍の座を巡る暗闘。示現流の剛剣が唸りをあげる。シリーズ第一弾。

片桐京介
信州上田藩足軽物語
忘れ花
幕末時代小説
短編集

「武士ではあるが侍ではない」信州上田藩の足軽の悲哀と尊厳を、叙情溢れる筆致で描いた傑作短編時代小説。

坂岡真
照れ降れ長屋風聞帖
残情十日の菊
長編時代小説〈書き下ろし〉

浅間三左衛門と同じ長屋に住む下駄職人の娘に舞い込んだ縁談の裏に、高利貸しの企みがあった。富田流小太刀で救う人情江戸模様。

坂岡真
照れ降れ長屋風聞帖
遠雷雨燕《えんらいあまつばめ》
長編時代小説〈書き下ろし〉

孝行者に奉行所から贈られる「青緡五貫文」。そのために遊女にされた女が心中を図る。裏には町役の企みが。三左衛門の小太刀が悪を断つ。

鈴木英治
口入屋用心棒
逃げ水の坂
長編時代小説〈書き下ろし〉

仔細あって木刀しか遣わない浪人、湯瀬直之進は、江戸小日向の口入屋・米田屋光右衛門の用心棒として雇われる。シリーズ第一弾。

千野隆司
主税助《ちからのすけ》捕物暦
天狗斬り
長編時代小説〈書き下ろし〉

島送りのため罪人を乗せた唐丸駕籠が何者かに襲われ、捕縛に向かう主税助の前に、本所の大天狗と怖れられる浪人の姿が……。